VIEL GLÜCK IM UNGLÜCK

Eine Familiengeschichte

Titelbild:

Memoirs und Dokumente von Maria Erdmann
(Design: Kinko Tsuji)

Helmar Härtel

VIEL GLÜCK IM UNGLÜCK

Eine Familiengeschichte

Bibliografische Information der Deutschen Nationalbibliothek:
Die Deutsche Nationalbibliothek verzeichnet diese Publikation in der Deutschen Nationalbibliografie; detaillierte bibliografische Daten sind im Internet über http://dnb.dnb.de abrufbar.

TWENTYSIX
Eine Marke der Books on Demand GmbH

© 2023 Helmar Härtel

Herstellung und Verlag:
BoD – Books on Demand, Norderstedt

ISBN: 978-3-740-73176-2

Design: **Kinko Tsuji**
Mitwirkung: **Stefan C. Müller**

Inhaltsverzeichnis

Prolog 1

TEIL I Lebensberichte

Maria Erdmann 8
Otto Erdmann 41
Edith Müller 45
Gertrud Härtel 54
Hermann Härtel 56
Martin Härtel 57
Magdalene Nixdorf 71
Gerhard Erich Müller 80

TEIL II Neuanfang

Einsetzen der eigenen Erinnerung und Neuanfang ... 102
Frühe Bilder der Erinnerung 104
Ausweisung – Aktion „Schwalbe" 111
Die Zeit danach 118

Epilog 141

Prolog

Mir kommt es immer vor, dass die Art, wie man die Ereignisse des Lebens nimmt, ebenso wichtigen Anteil an unserem Glück und Unglück hätte, als diese Ereignisse selbst.
(Wilhelm von Humboldt, 1767-1835)

Mit wachsendem Alter erlebe ich, daß meine frühe Kindheit in einzelnen Erinnerungsfetzen wieder stärker ins Bewußtsein tritt. Derartige Erinnerungselemente zu Papier zu bringen, zwingt dazu, ihren zeitlich richtigen Ort festzuhalten, es hilft, das Gedächtnis zu entlasten und zu schärfen bzw. der Gefahr des schleichenden Verlustes der Erinnerungsstücke vorzubeugen, denn die dahinfließende Zeit ist ein Feind der Erinnerung. Sie vermindert unmerklich, aber gnadenlos das Erinnerungspotential. Neues verdrängt das Alte. Die schriftliche Fixierung stärkt das Bewußtsein von der eigenen Person, denn Erinnerung ist etwas sehr Persönliches, das Individuum konstituierendes. Ein einmal gewecktes historisches Bewußtsein fragt naturgemäß über die eigene Lebenszeit hinaus, was davor gewesen ist. Hier helfen biographische Skizzen und Entwürfe weiter, die meine Großmütter auf meinen Wunsch in den sechziger Jahren des vorigen Jahrhunderts verfaßt haben, desgleichen Lebensläufe der Eltern, die zumeist aus amtlichen Gründen geschrieben worden sind.

Der Blick zurück in die eigene Vergangenheit und die der Vorfahren bleibt auf Grund der unterschiedlich dichten Überlieferung naturgemäß begrenzt, aber es verlockt diese Begrenzungen auszuloten. Die Beschäftigung führt in ein fernes Land, das heute nicht mehr innerhalb der deutschen Grenzen liegt: es ist das alte Ostdeutschland jenseits von Oder und Neiße. Nicht freiwillig haben Eltern und Großeltern es nach dem zweiten Weltkrieg verlassen. Davor lebten sie in Ober- und Niederschlesien und in Brandenburg, und zwar im Raum um Frankfurt an der Oder. Die spärlichen Urkunden und die überkommenen schriftlichen Berichte reichen, wenn es hochkommt bis an den Anfang des 19. Jahrhunderts oder noch ein wenig weiter zurück, von heute gerechnet kann man etwa acht Generationen unterscheiden. Damals in der Zeit der Freiheitskriege lebte man noch auf dem Lande, ob im oberschlesischen, vornehmlich katholischen Grottkau oder im niederschlesischen Zieserwitz im Kreise Neumarkt, also nicht weit von Breslau entfernt, oder in Friedland, also im Waldenburger Bergland. Aber noch andere Orte können namhaft gemacht werden, sei es das kleine

Abb. 1 Oben: Karte des Deutschen Reichs 1919-1937 (GNU FDL by kgberger); unten: Ausschnittsvergrößerung für Oberschlesien 1901 (gemeinfrei) mit Markierung von Ortschaften, die in dieser Geschichte besondere Bedeutung besitzen

Örtchen Käntchen nicht weit von Schweidnitz[1], oder Frankenberg, vormals Schwibedawe bei Militsch. Diese Orte, die eine Rolle in dieser Familiengeschichte spielen werden, sind auf der in Abb. 1 beigefügten Karte Oberschlesiens verzeichnet.

Bemüht man sich um genealogische Stammbäume, so sind diese häufig lückenhaft, und es fällt auf, dass in der Regel die jeweilige weibliche Linie sich relativ weit verfolgen lässt, während die männlichen Linien schnell größere Lücken aufweisen. Die einheiratenden Männer waren tüchtig, stammten aber aus kleinen Verhältnissen, die wenig über ihre Herkunft hinterlas-sen hatten.

Ich habe im Folgenden Stammbäume gezeigt, in denen die Genealogie der Familien meiner Eltern und Großeltern aufgezeichnet ist. Da mein leiblicher Vater kurz nach meiner Geburt in Rußland am Ilmensee fiel und sein Freund Erich Müller meine Mutter heiratete, sind insbesondere die Spuren meiner Mutter, zweier Väter und entsprechend zahlreicher Großeltern zu verfolgen.

---

[1] Radler, Leonhard Dr. "Käntchen" in "Tägliche Rundschau" Nr.13/1956 S.3; Radler, Leonhard Dr. "Zur Gründung von Käntchen" in "Tägliche Rundschau" Nr.14/1956 S.3-4

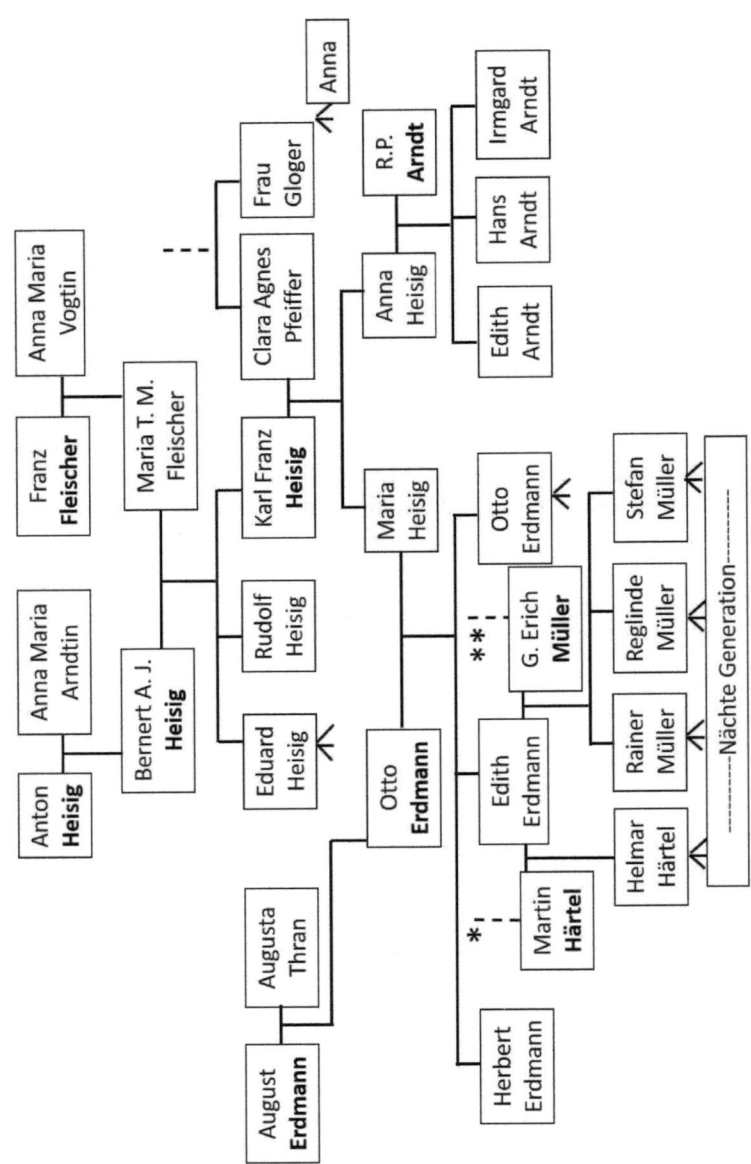

Abb. 2 Stammbaum von Maria Erdmann, geb. Heisig (* zum Stammbaum Härtel in Abb. 4 und ** zum Stammbaum Müller in Abb. 5)

Abb. 3 Familie Erdmann/Härtel/Müller im Garten von Westerlinde, 1965. Maria Erdmann und Edith Müller sitzend vor Reglinde Müller, Helmar Härtel, Gerhard Erich Müller, Stefan und Rainer Müller

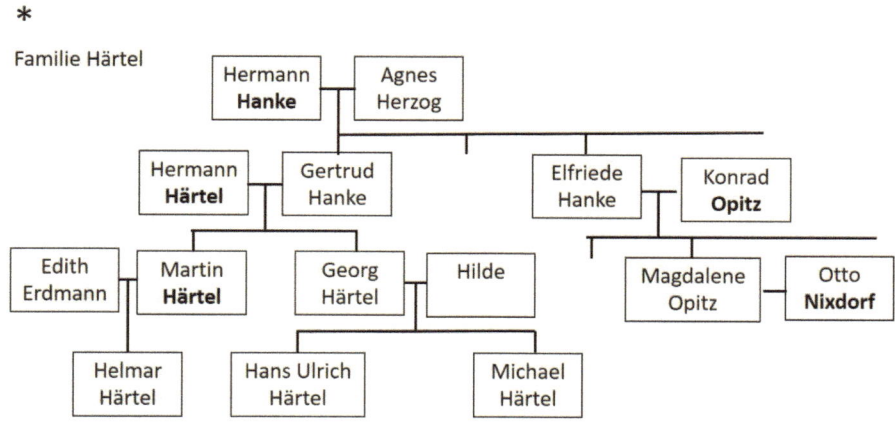

Abb. 4 Stammbaum von Familie Härtel

**

Abb. 5 Stammbaum und Photographie von Familie Müller

Was die Quellen anbelangt, so kann über die genannten autobiographischen Versuche hinaus zumeist nur auf Personenstandsurkunden, auf Briefe und Photos zurückgegriffen werden. Auch Erzählungen, also mündliche Überlieferung, steuern Daten und Hinweise bei.

Nimmt man als Ausgangspunkt das Jahr 1942, also das Jahr meiner Geburt, so soll zunächst der Blick zurück über die vorliegenden Autobiographien erfolgen und damit gleichsam Schneisen in die davor liegenden Jahre, Jahrzehnte geschlagen werden. Die Stammbäume verdeutlichen, wieweit die Zeugnisse zurück ins 19. Jahrhundert reichen, im Fall von Vater Erich sogar bis in die Mitte des 18. Jahrhunderts. Danach folgt ein Blick gleichsam nach vorn, der vornehmlich die eigene Lebenszeit umfasst.

TEIL I

Lebensberichte

Maria Erdmann (geborene Heisig)
Ihre Erzählung:

1807
Marias Großeltern geboren

Abb. 6 Maria Erdmann

Da Helmar etwas über mein Leben wissen möchte, will ich versuchen, ihm etwas davon zu erzählen. Ich stamme aus einer alten Fleischerfamilie, die in Grottkau, Oberschlesien, ansässig war. Mein Urgroßvater Anton Heisig war mit Anna Maria, geborenene Arndtin, verheiratet. Von ihm weiß ich sehr wenig, nur etwas aus den Urkunden und ebenso von meinen

1838
Vater Karl Heinz Heisig geboren

1856
Mutter Clara Agnes Pfeiffer geboren

1879
heirateten K.H. Heisig und C.A. Pfeiffer

Großeltern. Sie sind beide am 21. 12. 1807 geboren und am gleichen Tag auch getauft worden. Die Großmutter Maria Theresia Magdalene war eine geborene Fleischer und ihr Vater auch Fleischermeister. Sie [*die Urgroßeltern*] wohnten vorübergehend bei meinen Großeltern, da ihr Anwesen abgebrannt war und wie gesagt wurde, sind sie damals schon einander versprochen worden und haben sich auch geheiratet. Sie hatten drei Söhne, der älteste Karl Franz Heisig, geboren 25. 2. 1838, war mein Vater. Er erlernte auch das Fleischerhandwerk und nachdem er als Geselle und als Handwerksbursche bald ganz Deutschland durchwandert hatte, übernahm er als Meister das väterliche Geschäft am Ring 117. Seine erste Frau starb sehr früh und ließ einen Knaben und ein Mädchen zurück. Im Jahre 1879 heiratete mein Vater dann meine Mutter Clara Agnes geb. Pfeiffer, geboren am 18. 4. 1856 zu Marienau, Kreis Ohlau.

1880
Schwester
Anna geboren

1884
Hermann
Härtel
geboren

1886
Maria
geboren

1893
Großvater
starb

Abb. 7 Maria Erdmann (Oma) mit Freundin Trude Römer (links)

Sie lebte damals schon mit ihrem Vater auf dem Altenteil und war die jüngste von neun Kindern, drei Jungen und sechs Mädchen. Mein Großvater zog dann bei ihrer Verheiratung mit nach Grottkau, wo er 1893 starb. Meine Schwester Anna wurde am 6. 8. 1880 geboren, ich am 24. 12. 1886. Wir verlebten eine schöne, sorglose Jugend, denn wir waren ja in guten, geregelten Verhältnissen: Nur gab es

1894
Vater starb

öfter einmal Ärger mit meinem *[Stief]*bruder, der auch Fleischer und im elterlichen Geschäft war, Er war dem Kartenspiel so verfallen, daß ihn mein Vater oft nachts aus dem Gasthaus holen mußte. Am 16. 7. 1894 starb mein Vater plötzlich am Herzschlag, und mein Bruder sollte nun mit meiner Mutter das Geschäft solange führen, bis er selbst übernehmen konnte, aber es ging nicht. Das Geld, was er zum Vieheinkauf bekam, verspielte er, und meine Mutter mußte es noch einmal geben. Er ging weg, kam nicht wieder, und wir mußten fremde Meister zum Wurstmachen holen. Meine Mutter grämte sich darüber so, daß sie auch krank wurde, und wir das Geschäft aufgaben, sonst wäre auch unser Geld noch draufgegangen, denn sein Erbteil hatte er schon verspielt. Meine Halbschwester Martha hatte sich inzwischen mit Bäckermeister Zukunft, Grottkau, Bischofsstraße, verheiratet: Zu dieser zog er dann, aber da er nicht arbeitete, behielt ihn mein Schwager auch nicht bei sich. Er nahm dann in einer großen Wurstfabrik als Werkführer Arbeit an und er rechnete dort mit zur Familie und blieb bis zu seinem Tode 1935 dort.

1899
Mutter starb

Meine Mutter starb nach jahrelanger Krankheit am 28. 4. 1899. Am 16. 4. war sie 42 Jahre alt geworden und am 1. Mai wurde sie beerdigt. Es war ihr Wille, dass meine Schwester und ich beieinander in der Wohnung bleiben sollten. Da wir aber zu jung waren, erlaubte es der Vormund nicht. Meine Schwester kam schon bald zu den Marienschwestern am Dom zu Breslau in Pension[2], wo sie alles erlernen sollte, und ich blieb bei meiner Halbschwester.

1900
Kommunion

Ich bekam aber so Sehnsucht nach meiner Schwester, daß auch ich dorthin kam und von dort aus die Schule in der Kreuzstraße besuchte. Am 25. 3. 1900 ging ich in der Kreuzkirche zur Kommunion. Meine Halbschwester aus

---

[2] 1854 gründete der Priester Johannes Schneider in Breslau (Wrocław) einen Verein zur Betreuung von weiblichen Dienstboten, aus dem sich die Kongregation der Marienschwestern von der Unbefleckten Empfängnis entwickelte.

Schwester aus Grottkau starb

Grottkau kam zu der Feier. Sie sah schon sehr schlecht aus und wurde dann so krank, daß sie nach Reinerz in ein Sanatorium kam, wo sie am 12. 8. 1900 ganz plötzlich starb. Meine Schwester Anna war in der Zeit bei meinem Schwager und führte die Wirtschaft, bis er sich am 22. 1. 1901 wiederverheiratete. Er hatte von meiner Halbschwester eine kleine Tochter. Vor der Verheiratung war die Frau so gut zu dem Kinde, aber dann begann ein Martyrium, und die Eltern von ihr, die in Grottkau ein Speditionsgeschäft hatten, nahmen das Kind zu sich und zogen es auf[3]. Nach einigen Jahren hatte die Frau es so weit gebracht, daß sie das Geschäft verkaufen mussten, und mein Schwager zur Paketfahrtgesellschaft zu Breslau als Gepäckträger ging.

Tätigkeiten der Onkel Rudolf und Eduard

Bevor ich weiterschreibe, will ich noch etwas über mein „Zuhause" berichten. Meine Großeltern müssen wohl vermögend gewesen sein, denn mein Vater bekam, wie ich schon schrieb, das väterliche Grundstück mit Acker, und seine beiden Brüder jeder ein Haus mit Acker und Scheune, die sie selbst bewirtschafteten. Onkel Rudolf hatte noch nebenbei ein Fuhrgeschäft, das damals sehr gut ging, da es ja noch keine Autos gab. Er hatte schöne Kutschwagen, machte Hochzeitsfahrten und hatte seine bestimmte Kundschaft zu fahren wie den Kreisphysikus, den Pfarrer und den Tierarzt. Onkel Eduard, der andere Bruder meines Vaters, hatte in seinem Haus das Katasteramt, eine Schlosserei, eine Schmiede, deren Angehörige auch dort wohnten, und außerdem eine große Wohnung an den Kreisphysikus vermietet. Sie hatten beide Bauerntöchter aus Tarnau und Halbendorf geheiratet, und so ging es ihnen gut. Von Onkel Rudolf bekam der älteste den Besitz, der andere lernte bei uns Fleischer, und zuletzt wohnte er in Falkenberg O/S, wo er einen Gasthof hatte. Onkel Eduard hatte drei Söhne. Der

---

[3] Es ist Elisabeth Scholz, geborene Zukunft, später wohnhaft in Breslau-Zimpel, Habichtsweg 1. Sie half 1920 bei Erdmanns in der Papenmühle: „Meine Nichte Liesel Zukunft kam dann zu uns und das Geschäft ging aufwärts bis zum Winter."

> **Wohn-situation**

> **Viehhaltung**

> **Erntezeit mit Flegel und Dampfmaschine**

älteste wurde Lehrer und heiratete eine reiche Gastwirtstochter. Er war zuletzt in Berlin und starb auch da. Er hatte Söhne, der eine wurde Tierarzt, war zuletzt in Essen am Schlachthof Veterinär. Ein Sohn sollte Zahnarzt werden, starb aber 1925 an Kopfgrippe. Gerhard, der dritte, besuchte die Beuthschule, eine höhere Maschinenbauschule. Er ist an der Gasanstalt in Essen Betriebsingenieur. Ernst, der jüngste, ist Gewerberat in Düsseldorf.

In unserem Grundstück am Ring 117 waren 2 Läden. In dem einen war unsere Fleischerei, im anderen ein Handschuhmacher, der damals noch selbst Handschuhe anfertigte. Im ersten Stock war seine Wohnung und noch die eines Schuhmachermeisters. Dieser hatte sieben Kinder, mit denen wir immer spielten. Ein Geselle und zwei Lehrlinge arbeiteten bei ihm. Die Lehrlinge und einige seiner Jungen schliefen in einer Bodenkammer, die in dem Stock über der Wohnung lag. Auch unsere Magd schlief in einer solchen angebauten Kammer und einen Stock darüber war der Getreideboden. In der Felsmannmühle, die auch Verwandten von uns gehörte, wurden die Körner gemahlen, das Mehl zum Bäcker gebracht, und von dort holten wir uns, was wir brauchten. Unsere Wohnung schloss sich an den Laden an.

Es war noch ein Seitengebäude angebaut, wo auch die Wohnung durchging. Vom Hof aus war dann der Eingang in die Werkstatt, die Waschküche, den Schweinestall, darüber der Hühnerstall. Dann kam die Dunggrube und dann das Hinterhaus. In diesem war unten der Pferdestall mit 2 Pferden und 2 Kühen, die Durchfahrt, in der die Geschäfts- und Ackerwagen standen, und rechts ging es dann noch auf einen Flur, wo auch ein Zimmer war und die Treppe zum ersten Stock. Dort waren zwei Wohnungen, darüber Böden für Stroh und Heu, das durch eine Luke vom Hofe aus rauf gezogen wurde. Darüber war noch ein Futterboden, wo auch Häcksel geschnitten wurde.

Da mein Vater mit dem Geschäft zu tun hatte, kam immer ein Wirtschafter zu uns, der auf dem Felde alles bestellte, wobei ihm die Magd half. In der Ernte und zum Dreschen und Kartoffelnlesen hatten wir schon bestimmte Frauen, die dann immer mithalfen. Es wurde damals noch meist mit dem Flegel gedroschen, nur einige Male zuletzt hatten wir die Dampfmaschine. Unsere Scheune lag etwas außerhalb der Stadt auf das Dorf Tarnau zu. Dort waren das Stroh und Heu untergebracht und daneben war eine Remise, in der Kutschwagen, Schlitten untergebracht waren. Auf dem Ringe vor unserer Tür spielten wir immer und zum Jahrmarkt und Weihnachtsmarkt, wenn Buden aufgestellt waren, haben sie dann meine Schwester[4] und die anderen immer verstellt und am nächsten Morgen mußten sich die Leute erst wieder alles zusammensuchen. Auch den Apotheker klingelten sie oft raus. Oder sie gingen zum Judentempel an die Tür. Die Eltern hatten auch Ärger mit ihr, sie war ein verdorbener Junge.

Kinderfest: Buden und Zelte mit Musik

Die Mägde blieben immer lange bei uns. Damals vermieteten sie sich immer auf ein Jahr vom 2.1. – 2.1. Als ich in Grottkau zur Schule ging, wurde alle Jahre von der Stadt ein Kinderfest veranstaltet, das ein richtiges Volksfest war. Wir freuten uns schon das ganze Jahr darauf, und endlich, wenn im Sommer an einem Vormittag um 10.00 Uhr die Fahne heraushing, wußten wir, daß es so weit war. Um 1.00 Uhr standen geschmückte Leiterwagen für die kleineren Kinder da und die größeren marschierten mit Musik nach dem Stadtwald, wo auf den großen schönen Wiesen das Fest stattfand. Unter den Bäumen waren Buden und Zelte aufgebaut, in denen die Kinder Süßigkeiten und die Eltern, die dann nachkamen, Kaffee und Bier trinken konnten. Wir Kinder hatten schon Kreisspiele gelernt, Sackhüpfen, Wettlaufen und so manches andere wurde gezeigt und dann bekam jedes Kind ein Paar Würstchen, ein Brötchen und ein

---

[4] Anna heiratete später einen strengen Lehrer. Maria, ihre Schwester, musste mit ihren akkuraten Schriftzügen die Liebesbriefe schreiben. Da sie oft schlecht als verheiratete Frau wirtschaftete, legte sie sich, wenn Ultimo nahte, ins Bett.

Glas Limonade. Abends wurde wieder mit Musik zurückmarschiert und auf dem Ring am Denkmal eine Rede gehalten und die Nationalhymne gesungen. Am nächsten Tage begann die Schule erst um 10.00 Uhr, und jedes Kind bekam dann entweder Schieferstifte, Federhalter, Bleistifte oder Hefte.

Alle Jahre im Sommer fuhr unsere Mutter mit unserem Pferdegespann in den Wald, wo Kaffee gekocht wurde und wir uns austoben konnten, und am Abend, wenn wir zurückfuhren, wurde bei der Kirschbude halt gemacht und wir bekamen ein Körbchen Kirschen. Wo der Großvater noch lebte, fuhr er auch zur Kirschenzeit mit uns und den Kindern aus dem Haus auf der schönen Kirschallee nach Woisselsdorf[5], wo eine Schwester meiner Mutter ein Bauerngut hatte. Er kaufte uns eine große Flechte mit Kirschen, und wir konnten essen nach Herzenslust. Dort bekamen wir große Schnitten Bauernbrot dick mit Butter und Milch zu trinken.

Umsiedlung ins Agnes-Stift, Breslau

Als nun mein Schwager wieder geheiratet hatte, ging meine Schwester nach Breslau zurück, aber nicht mehr ins Marienstift, sondern ins Agnes-Stift in der Klosterstraße 41, wo die Oberin die Tante von unserem Vormund war, und auch ich siedelte vom Marienstift ins Agnes-Stift über. Dort fanden wir eine zweite Heimat. Die Schwestern waren sehr lieb und besonders Schwester Cäcilie war wie eine Mutter zu mir. Es wohnten alles Mädchen dort, die eine Handelsschule besuchten, um die Buchführung zu lernen, Studentinnen, die das Lehrerinnen- oder Kindergärtnerin-Seminar besuchten, die auf die Kunstschule gingen oder Verkäuferin oder Buchhalterin in einem Geschäft waren. Es waren über 100 Mädchen da; und zu meiner Zeit entstand ein großer Neubau. Wir lebten dort ganz ungebunden, konnten weg-

---

[5] Woisselsdorf liegt etwa 4 km nordnordwestlich der Stadt Grottkau (Grodków), an der Straße 401.

gehen, wie wir wollten, was im Marienstift nicht der Fall gewesen war. Dort war die Pforte immer verschlossen.

Meine Schwester lernte in der Weinhandlung Briese, Ohlauerstraße, die feine Küche, besuchte eine Weißnähakademie und ging zu einer Kunstgewerblerin und stickte für die Schwestern Meßgewänder und anderes. Als sie alles soweit gelernt hatte, war sie immer bei der Schwester an der Pforte. Ich hatte zwar schon im Marienstift plätten, kochen, waschen, Handarbeiten usw. gelernt, aber ich ging doch noch einmal zu den Schulschwestern in die Handarbeitsstunde und danach zu einer Schneiderin, die aus Grottkau stammte, ½ Jahr in die Lehre. Ich ging alle Tage den Weg von der Klosterstraße bis Lehmdamm, wo sie wohnte. Ich hätte ja mit der Gürtelbahn fahren können, die von uns aus dorthin fuhr, aber das Geld sparte ich mir[6]. Als ich nun alles gelernt hatte, half ich vormittags immer den Schwestern in der Küche beim Kochen, und so habe ich alles schön gelernt.

Wir waren nun schon einige Jahre dort, und die Zeit fing mir doch an lang zu werden. Von Frau Mann, der Schneiderin, waren 2 Töchter Lehrerin geworden, und sie rieten mir, dieses doch auch zu tun, denn in der Schule bin ich immer gut gewesen. Ich stellte es meinem Vormund vor, Lehrerin oder Kindergärtnerin zu werden, aber er erlaubte beides nicht, ich sollte eine gute Hausfrau werden, war immer seine Antwort. Nun handelte ich selbst. Ich bat die Küchenschwester, die ja viele Verbindungen hatte, mir doch bei der Stellungssuche im Büro behilflich zu sein und bald kam sie, daß ich am 1. Juli 1904 in der Kaffeerösterei Stiebler Am Zwingerplatz anfangen könnte. Nun mußte ich es ja meiner Schwester sagen, und sie fuhr am nächsten Tage sofort nach Grottkau zu meinem Vormund, um ihm dieses zu unterbreiten. Sie kam zurück, und sie hatte eine Zwei

---

[6] Gürtelschleiche: Gürtelbahn oder Ringbahn; eine Bezeichnung für die Straßenbahnlinien 7 und 8, die Linien mit den längsten Fahrzeiten.

zimmerwohnung in Grottkau gemietet, und wir zogen am 1. Juli dort ein und fühlten uns dort sehr wohl.

Im Agnes-Stift hatte ich eine Freundin gefunden, die in Breslau die Handelsschule besuchte, und wir waren wie zwei Schwestern. Mit ihr fuhr ich an einem Pfingsten nach Hause und lernte dort ihren Bruder kennen, der in Ratibor auf dem Seminar war und Lehrer wurde. Von dieser Zeit an schrieben wir uns, und ich fuhr auch öfter nach Lobedan bei Patschkau, wo der Vater auf einem Gut Inspektor war. Von Grottkau waren wir viel bei unseren Verwandten in Marienau, und meine Cousine bei uns, denn von Breslau aus fuhr ich zu den Ferien meist zu Tante Gloger, der Schwester meiner Mutter, die so herzensgut wie eine Mutter zu mir war.

Kirmes mit Konzert und Tanz in Marienau

Auch zur Kirmes 1904 fuhren wir hin und blieben einige Tage dort. Montag war Kirmes-Konzert mit Tanz, und wir gingen alle hin. Dort spielte die Kapelle vom 157. Infanterieregiment Brieg zu Konzert und Tanz, und mein späterer Mann war Konzertmeister und leitete dort alles. Als das Konzert zu Ende war und der Tanz begann, spielte er nicht mehr mit und

1906 *Verlobung und Hochzeit Annel*

Abb. 8 Maria und Otto Erdmann

1907
Hochzeit Maria und Otto Erdmann

1908
Sohn Herbert geboren

Siehe Kapitel „Otto Erdmann"

1909
Magdalene Opitz geboren

Siehe Kapitel **„Magdalene Nixdorf"**

holte mich oft zum Tanz. Er gefiel mir, aber ich hatte ja meinen Jules Wese, den ich mir ja heiraten wollte. Auch meine Schwester tanzte immer mit einem Lehrer, der aus Marienau stammte, aber in Mikultschütz O/S angestellt war. Als wir nach Hause kamen, fand ich schon einige Karten aus Brieg vor. Er hatte die Adresse von einer Cousine erfahren und schrieb nun immer, und Weihnachten schickte er sein Bild. Nun mußte ich ihm ja schreiben, daß ich so gut verlobt bin, aber er schrieb weiter.

Neujahr bekam meine Schwester den Heiratsantrag von dem Lehrer, Februar war Verlobung und im Juni Hochzeit. Wese machte mit seiner Schwester die Hochzeit auch mit, und die großen Ferien sollte ich bei seinen Eltern verleben. Mit meiner Schwester zog ich nach Oberschlesien, aber es gefiel mir dort nicht, ich ging wieder nach Breslau ins Agnes-Stift zurück. Ich war indessen schon so in Zweifel gekommen, welchen von beiden ich nun nehmen sollte, und ich entschied mich, Wese abzuschreiben und nicht hinzufahren. So kamen wir auseinander, und ich verlobte mich Weihnachten 1906 mit meinem Mann, und am 15. 10. 1907 hatten wir Hochzeit. Wir wurden in der Mauritiuskirche[7] katholisch getraut. Mein Vormund wollte nicht die Erlaubnis geben, da mein Mann evangelisch war, aber der damalige Pfarrer in Grottkau Hartmann sagte ihm, er solle uns ruhig heiraten lassen, es gibt unter katholischen, evangelischen und Mischehen schlechte und gute Ehen, und so heirateten wir und haben wegen Religionssachen keine Meinungsverschiedenheiten gehabt. Unsere Kinder ließ ich aber doch

---

[7] Auch sie gehört zu den ältesten Kirchen Breslaus. Um die Mitte des 12. Jh. ließen sich Wallonen in der östlichen Vorstadt auf einen dem Archidiakon gehörenden Gebiet nieder, die wahrscheinlich von Bischof Walter (1149-1169) oder den Augustiner Chorherren, die an der benachbarten St. Adalbert-Kirche die Seelsorge wahrnahmen, herbeigerufen wurden. Die Wallonen brachten das Patrozinium des hl. Mauritius mit, dem zu Ehren sie bald eine Kirche erbauten, die 1226 zuerst erwähnt wird, aber im Mongolensturm unterging. Die Kirche muß aber bald wieder aufgebaut worden sein, da 1245 bereits ein Pfarrer bei St. Mauritius erwähnt wird.

1911
Otto abgedient, kaufte Stadtkapelle

Gerhard Erich Müller geboren

Der Fuhrpark

nach meinem Mann taufen. Wir bezogen in Brieg[8] einen Tag nach unserer Hochzeit unser Heim, eine schöne kleine Neubauwohnung, Bismarckstraße 10, und wir hatten uns nett eingerichtet. Die Möbel waren aus Breslau von Nawrat und Co., Teppiche, Gardinen und Wäsche von Fuchs und Henel am Ring. Da wir alles gleich bar bezahlten, bekamen wir noch 10% Rabatt und eine schöne Flurgarderobiere[9].

1911 hatte mein Mann seine 12 Jahre abgedient, und er konnte zur Post oder Bahn oder zum Gericht gehen und Beamter werden und das hatte ich auch geglaubt, aber leider wollte er es nicht und kaufte in Reichenbach in Schlesien die Stadtkapelle 45 Mann, die damals gerade zu vergeben war, da sich der Inhaber zur Ruhe setzen wollte[10]. Am 1. 10. 1911 zogen wir nun nach Reichenbach. Das Geschäft kostete 15000, das Grundstück 45000 Mark. Da mein Geld nicht ganz ausreichte, lieh ihm sein Musikmeister, Herr Reidock, noch Geld und ebenso Kommerzienrat Moll, der ja vielfacher Millionär war. Ich hatte da meine Beschäftigung. Alle Leute wohnten bei uns und ich mußte für sie kochen. Es waren 35 Lehrlinge und 10 Gehilfen. Das Grundstück war sehr groß, eine frühere Färberei. Wir hatten im ersten Stock unsere Fünfzimmerwohnung und eine Dreizimmerwohnung vermietet. Im Parterre waren 3 Zimmer für Lehrlinge, die Küche, der Proberaum und Essraum für die Leute. Im 2. Stock waren Zimmer von Gehilfen. Dann war noch ein Nebenhaus, wo auch Schlafräume für Lehrlinge und Kutscher waren. Wir hatten zwei Pferde und zwei Omnibusse, da viel

---

[8] Brzeg [ˈbʒɛk], (deutsch *Brieg*), liegt rund 50 km südöstlich von Breslau an der Oder.

[9] Julius Henel vormals C. Fuchs - Breslau - Hoflieferant vieler Höfe, Breslau I Am Rathaus 24-27. Älteste Deutsche Versand und Ausstattungshäuser, gegründet 1780.

[10] Andere Version: Ich heiratete meinen Mann und glaubte, er würde Beamter werden, aber er verdiente damals als Soldat schon so viel durch sein Geigenstundengeben, daß er es nicht wollte. Er bekam damals schon für eine Stunde 2 Mark und hatte alle Tage seine Schüler, nur in den besten Kreisen, angefangen beim Hauptmann, Major, Pastor, Rechtsanwalt, Doktor und Kaufmann. …

Marginalia:
1914
1. Weltkrieg beginnt

Martin Härtel geboren

1915
Tochter Edith geboren

1917
Sohn Otto geboren

Oskar Müller Postbeamter

---

auf Konzertreisen gegangen wurde, oft acht Tage hintereinander. Wir hatten auch schöne Kutschwagen und fuhren oft nach Langenbielau, die Steinhäuser, Peterswaldau, Hotel Forelle in Steinkunzendorf usw.[11], um die Kundschaft, bei der mein Mann spielte, zu besuchen. Wir machten sehr gute Geschäfte, denn die Kapelle war sehr gut und immer gefragt.

Aber leider kam der Krieg 1914. Wir hatten schon so viel Geld, daß wir Herrn Reideck das Geld und Kommerzienrat Moll einen Teil zurückgeben konnten, aber leider dauerte der Krieg so lange, daß alles dahin war. 1915 im Januar kamen ein Rekrutendepot nach Reichenbach und wir vermieteten sämtliche Räume und die Stallung an dieses, und es kamen Küche, Handwerker und Soldaten in unser Grundstück, um wenigstens etwas davon zu haben. Im Probenraum war eine Kantine, und so war alles besetzt und immer Betrieb. Am 7. April wurde Edith geboren. Herbert war schon 7 Jahre alt geworden und ein sehr kluger, geweckter Junge. Otto wurde am 20. 4. 1917 geboren, und noch immer war der Krieg nicht zu Ende.

Ich war in den großen Ferien 1914 zu meiner Schwester nach Oberschlesien gefahren, um mit Herbert dort die Ferien zu verleben, fuhr aber früher zurück, und mein Mann sollte ihn wieder holen. Ende Juli fuhr er hin und in dieser Zeit kam die Mobilmachung. Er konnte nur noch einen Güterzug benutzen, um nach Hause zu kommen, und ich schwebte schon in tausend Ängsten. Am 2. Tag mußte er

---

[11] Die Eulengebirgsbahn AG war eine Kleinbahngesellschaft in der ehemaligen preußischen Provinz Schlesien. Ihr Name war vom Eulengebirge abgeleitet, welches sich über 35 Kilometer lang hinzieht und in der Hohen Eule eine Meereshöhe von 1014 m erreicht.
- ☐ 0,0 Reichenbach (Eulengebirge) Kleinbahnhof
- ☐ 3,2 Nieder Peterswaldau (Peterswaldau Niederbahnhof)
- ☐ 4,6 Mittel Peterswaldau (Peterswaldau Mittelbahnhof)
- ☐ 5,9 Peterswaldau Stadion Hp
- ☐ 7,0 Ober Peterswaldau (Peterswaldau Oberbahnhof)
- ☐ 10,7 Langenbielau Oberstadt
- ☐ 12,9 Steinhäuser Hp

sich schon stellen, da er gedienter Soldat war. Kam am Abend aber noch einmal zurück, um hier alle zu entlassen. Wir waren ja der Meinung, daß alles höchstens vier Wochen dauern würde, aber so viele Jahre wurden daraus. Er hatte ja noch Glück, denn er kam von Schweidnitz, wo er sich stellen mußte, nach Glatz und wurde schon nach kurzer Zeit Feldwebel in der Pulm Kaserne. Ich fuhr oft Sonnabend und Sonntag hin, aber in Kamenz, wo ich umsteigen mußte, hatten die Züge keinen Anschluß[12]. Und ich mußte oft stundenlang warten, bis wieder einer kam. Von Glatz aus wurde die Kompanie zum Grenzschutz nach Bad Landeck[13] verlegt, und ich konnte mit Herbert und Edith die Ferien dort verleben, da mein Mann im St. Josephshaus eine nette Wohnung hatte.

Auch mein Schwager aus Oberschlesien und seine Tochter Edith waren einmal die Ferien dort und wohnten nebenan in einer Pension. Als der Grenzschutz aufgelöst wurde, kam mein Mann in die Nähe von Breslau, wurde aber bei einem Urlaub zu Haus krank und kam ins Krankenhaus (Lungenentzündung), dann nach Glatz ins Lazarett und von da, als es möglich war, nach Bad Altheide zur Erholung. Er war mit einem Schlitten von Glatz hingefahren und hatte sich auf der Fahrt wohl eine Rippenfellentzündung geholt und mußte bis Ende März dort im Bett verbringen. Unterdessen war die Revolution und alles hatte sich aufgelöst. Ich war im Frühjahr 1918, da ich alles nicht mehr halten konnte, nach Bad Freienwalde an der Oder gezogen, wo die Schwester Clara meines Mannes wohnte, deren Mann immer den Landrat mit dem Auto fuhr und daher unabkömmlich war.

---

[12] Die Bahnstrecke in Niederschlesien von Breslau über Kamenz und Glatz nach Mittelwalde. Die andere Strecke von Reichenbach über Gnadenfei, Frankenstein nach Kamenz.

[13] Bad Landeck liegt an der Biele im Südosten des Glatzer Kessels. Nordöstlich zieht sich das Reichensteiner Gebirge, südöstlich das Bielengebirge und südwestlich das Glatzer Schneegebirge. Vier Kilometer östlich verläuft die Grenze zu Tschechien.

1918
nach Bad Freienwalde

Bad Freienwalde

Sie hatten dort ein gutgehendes Geschäft, verkauften Grammophone, Zentrifugen, Nähmaschinen usw., und nebenbei hatte er eine Autoreparaturwerkstatt und eine Autovertretung. Sie hatten zwei Kinder, einen Jungen und ein Mädchen. Im zweiten Stock wurde eine Vierzimmerwohnung frei und in diese zog ich. Aber schon nach kurzer Zeit mußte ich feststellen, daß meine Schwägerin, die sehr streitsüchtig war, ganz über mich verfügen wollte, und ich schloß die Wohnung zu und fuhr zu meinen Schwiegereltern, die in Frankfurt an der Oder, Frauendorferstraße 14, ein Grundstück hatten. Mein Schwiegervater war Steingutdreher in der Fabrik von Theodor Paetsch, mit dem er anfangs allein gearbeitet hatte (bis er zu einer eigenen...unverständlich... durchgekommen war...) in der Fabrik bis zur Invalidität gearbeitet hat[14]. Es war eine sehr schwere Arbeit, und er verdiente für damalige Verhältnisse

Abb. 9 Die Erdmann-Kinder: Otto, Herbert und Edith (von links)

---

[14] Mit einer Veröffentlichung im *Frankfurter Patriotischen Wochenblatt* am 5. November 1840 gab *Die Steingut-Fabrik W. E. Paetsch*, mit der Empfehlung, Geschirr zu billigen Fabrikpreisen zu verkaufen, die Gründung seiner Steingutfabrik im Norden von Frankfurt (Oder) bekannt, 1846 erschienen im *Adressbuch der Stadt Frankfurt (Oder)* Joh. Adam Hintze und der Kaufmann Wilhelm Eduard Paetsch als Eigentümer. Ab 1863 änderte sich die Teilhaberschaft auf Georg Theodor Paetsch und Wilhelm Gust. Leop. Selle, die Firma lief nun nur noch unter *Steingutfabrik Paetsch*. 1890, nach dem Tod von Georg Theodor, übernahmen sein Sohn Theodor und sein Bruder Walter, von 1930 bis 1945 Theodor Paetsch jun. und ab 1953 Irmgard Paetsch die Geschäftsleitung.

viel Geld. Aber er arbeitete auch von früh um 6.00 Uhr bis abends spät. Und Sonnabend kam er gar nicht heim, erst Sonntagmittag. Meist schliefen die drei Kinder noch oder schon wieder, und sie gingen manchmal über den Mittag zu ihm in die Fabrik, da die Schule dort in der Nähe war. Seine Frau trug ihm alle Tage das Mittagbrot hin.

Sie hatten sich das Haus durch ihrer Hände Arbeit erbaut, und Vater sagte mir immer, seine Kinder sollen es einmal nicht so schwer haben wie er selbst. Denn, wie er erzählte, mußte er schon als Schuljunge sich seinen Lebensunterhalt beim Bauern verdienen. Er lernte seine Frau in Frankfurt kennen, die dort in Stellung war. Sie zogen nach Tzeschtzschnow[15], von wo er immer in die Fabrik ging, und in Tschetzschnow wurde auch mein Mann geboren. Dann zogen sie nach Frankfurt, wo Clara und Max geboren wurden. Mein Mann war ein sehr guter Schüler, war immer der erste oder zweite, und seinen Lehrer lernte ich noch kennen, als wir schon verheiratet waren und zu Besuch in Frankfurt waren. Als er aus der Schule kam, ging er nach Bad Freienwalde in eine Stadtkapelle, um Musiker zu werden. Er hatte vorher immer schon Stunden im Geigen- und Trompetenspiel bekommen, und nach Beendigung der Lehre ging er als Gehilfe nach Neusalz und anschließend nach Brieg, Bezirk Breslau, zum Infanterieregiment 157[16], wo er zwölf Jahre diente. Er wurde erster Konzertmeister und Geschäftsführer des Musikcorps und hatte dafür zu sorgen,

---

[15] Tzschetzschnow/Güldendorf liegt circa 5 Kilometer südlich des Stadtgebietes von Frankfurt (Oder), sieben Kilometer nordöstlich des Helenesee und etwa 100 Kilometer östlich von Berlin

[16] Brieg ist schon von jeher eine gute Garnisonsstadt gewesen. Unzählige enge Verbindungen zwischen den Bürgern dieser Stadt und seinen Soldaten bestehen bis in die jüngste Zeit hinein. Vor dem ersten Weltkrieg lagen die Infanterieregimenter 156 und 157 in Brieg. Bei Rossigol erhielt das Infanterie Regiment 157 seine Feuertaufe und hat sich mit Bravour geschlagen.

daß es immer bei Konzerten in Breslau oder zu Kirmessen auf den Dörfern und im Sommer in Gärten zu spielen hatte. Auch bei Hochzeiten und Bällen von Vereinen spielten sie, und da hatte ich ihn ja auch kennengelernt. Seine Schwester war zwei Jahre jünger und hatte bei Polzin[17] gelernt und übernahm dann eine Filiale von Kaisers Kaffeegeschäft in Crossen an der Oder, wo sie auch ihren Mann kennenlernte, der dort Mechaniker war. Bruder Max lernte Maurer, besuchte im Winter immer die Baugewerkschule in Frankfurt und war zuletzt Maurerpolier. Er heiratete ein Mädchen aus Lebus, und sie hatten zwei Söhne, bauten sich dann ein sehr schönes Haus in der Holzhofstraße in Frankfurt. Der älteste Sohn Herbert fiel im Krieg, der andere wurde auch Maurer und wohnt jetzt in Frankfurt am Main, Fritzlarerstraße, auch seine Mutter.

Nun weiter zu meinem Aufenthalt in Frankfurt. Da in der Zeit viele Frauen im Sanitätsdienst arbeiten gingen, wollte auch ich nicht untätig sein, und mein Mann, der auf Urlaub kam, ging dorthin und nahm Rücksprache mit Feldwebel Eppstein, der alles leitete. Ich bekam eine Stelle in der Versandabteilung, von wo alle Instrumente an die Lazarette des Depots versandt wurden. Es war ein Gefreiter da, der sie ausgab, zwei Frauen, die alles einpackten, und ich hatte es nur in Bücher einzutragen und die Packzettel zu schreiben. Es war eine schöne Beschäftigung, und von dem Geld konnte ich das Schulgeld für Herbert, der das Gymnasium am Anger besuchte, und die Lebensversicherung von meinem Mann bezahlen, der mit 10000 Mark bei der Victoria versichert war. Das Geld ging zwar verloren, aber das wußte man ja nicht. Im April 1919 kam mein Mann zurück. Nun hieß es, eine neue Existenz schaffen. Bei einem Spa-ziergang an Himmelfahrt 1919 - Donnerstag, 29. Mai -

1919
Otto zurück

---

[17] Tzschetzschnow /Güldendorf. Zwischen Kämmereiweg und Heißer Kohlhofweg liegt die sogenannte Polzinsche Villa. 1933 verkaufte Morozowicz das Haus an den Frankfurter Kaufmann Polzin, seitdem besteht der Name Polzinsche Villa.

Papenmühle eröffnet

kamen wir an der Papenmühle[18] vorbei, die im Bade eine herrliche Lage hatte, und mein Mann faßte den Entschluß, diese zu pachten und zu bewirtschaften. Sie stand schon lange, lange leer, kein Pächter konnte darauf bestehen, alle verschwanden wieder bei Nacht und Nebel. Es grenzte eine Gärtnerei daran, und zu dem Gärtner ging mein Mann, um Erkundigungen einzuziehen. Er sagte, daß das Grundstück jetzt einem Rittergutsbesitzer gehörte, einem Verwandten des früheren Besitzers, der so viel Geld darauf gegeben hätte, und dieser käme in den nächsten Tagen, er solle öfter mal nachfragen. Eines Tages war Herr Meinberg aus Pommern auch wirklich hier, und mein Mann verhandelte mit ihm. Er wollte es nicht mehr verpachten, nur verkaufen, da er sich nicht darum kümmern konnte.

Mein Mann legte ihm unsere Verhältnisse offen klar, und Herr Meinberg sagte, weil er so ehrlich war und sah, daß mein Mann arbeiten wollte, er es ihm auf zwei Jahre, wie es steht, frei überläßt, und er nach dieser Zeit einen angegebenen Preis bezahlen sollte.

Nun hieß es wieder die Sachen packen und in diese Ruine ziehen, denn wie sah es da aus! Brennnesseln so hoch wie wir selber, die Zimmer schmutzig und unwohnlich, die Brücke, die zu der Insel auf dem Teich führte, nur spärlich mit Brettern belegt, und dieses wollten wir in Ordnung bringen. Von früh bis spät arbeiteten wir, und die Löwenbrauerei brachte uns das Restaurant in Ordnung, und nach einiger Zeit konnten wir schon Gäste in die Zimmer aufneh-

---

[18] Fontane, Theodor, Wanderungen durch die Mark Brandenburg: Band 1, München, 1966, S. 607. Das Oderland; Das Oderbruch und seine Umgebungen; Freienwalde; 3. Das Schloß; 4. Der Gesundbrunnen: „Der Freienwalder Gesundbrunnen liegt eine kleine Viertelmeile von der Stadt gegen Süden hin, in einem von ziemlich hohen Bergen eingeschlossenen Tal.

Es ist ein Septembernachmittag. An Linden und Sommerhäusern, zuletzt an der reizend gelegenen Papenmühle vorbei, über deren stillen Teich die Schwäne ziehen, haben wir unseren Gang von der Stadt aus gemacht und unser Ziel: den Gesundbrunnen erreicht."

Hotel-Café-Restaurant: die Papenmühle

Abb. 10 Die Papenmühle in Bad Freienwalde

men zum Winter. Wir gaben uns Mühe, Eisbahn auf dem Teich zu machen, aber es gelang nicht, die Leute dafür zu begeistern, denn der Wintersport war noch nicht so beliebt wie heut. Deshalb begrüßten wir es, als die Brigade Ehrhardt[19] in die Gegend Eberswalde, Falkenberg in der Mark,

---

[19] Freikorps, im Februar 1919 hervorgegangen aus der 2. Marinebrigade, dem schlagkräftigsten der drei Marine-Korps, das besser unter dem Namen seines Kommandeurs Hermann Ehrhardt (1881-1971) bekannt war. Die Brigade Ehrhardt wurde im April 1919 gegen die Räterepublik in München eingesetzt und war maßgeblich am gescheiterten Kapp-Putsch im März 1920 beteiligt. Sie wurde zum 31. Mai 1920 aufgelöst, ihre aktionsbereiten Teile gruppierten sich im Geheimbund der "Organisation Consul" (O.C.) neu.

Als Antwort auf einen linken Putschversuch wurde in Wilhelmshaven im Februar 1919 die Aufstellung einer Regierungstruppe aus Offizieren, Deckoffizieren und Berufssoldaten eingeleitet. Diese 2. Marinebrigade wuchs unter ihrem Kommandeur, dem hochdekorierten Korvettenkapitän Hermann Ehrhardt (1881-1971), binnen kürzester Zeit auf ca. 1.500 Mann an. Die Brigade wurde nach ihrer Verlegung in die Lüneburger Heide mit Wirkung vom 31. Mai 1920 offiziell aufgelöst; ihr Kommandeur floh vor der Strafverfolgung über Bayern nach Ungarn.

Freienwalde, Wriezen usw. kam, und sie an uns herantrat, ihnen Räume zu überlassen.

Abb. 11 Stefan vor der Papenmühle 1998

Da wir sowieso die Absicht hatten alles zu renovieren, willigten wir ein, und haben es nicht bereut, denn dadurch daß Gerichtszimmer, Schreibstube *[gebraucht wurden]* und die Feldwebel in den Fremdenzimmern wohnten, hatten wir immer Betrieb und Einnahmen. Denn bei dieser Sorte Soldaten, die aus Baltikumsleuten und zweifelhaften Elementen bestanden, war immer Betrieb, besonders im Gerichtszimmer. An anderen Stellen wurde geklagt, daß sie alles demolierten und verfeuerten, was nicht niet- und nagelfest war, aber das konnten wir nicht sagen. Uns brachten sie Brot und Gemüse, daß wir sogar noch Brot nach Berlin zu Hermann Heisig mit seinen vier Jungen schicken konnten, wo dieses in der knappen Zeit sehr willkommen war.

Im Januar oder Februar rückten sie wieder ab, und es wurden uns die Schäden, die sie hinterlassen hatte, anstandslos erstattet. Sie gaben uns sogar noch eine Adler-Schreibmaschine und ließen so viele Gewehre zurück, daß ein ganzer Kastenwagen weggebracht wurde. Im Frühjahr kam dann der Bruder meines Mannes Max und brachte das ganze Haus schön in Ordnung, tapezierte und strich alles von oben bis unten. In einem Raum richtete die Firma Rückfort (Stettin) eine Bar ein, und als das Frühjahr kam, war alles tip top in Ordnung. Es wurde ein Koch, Günter Kißling, der gerade im Kurhaus ausgelernt hatte, eingestellt und unser treuer Marzahn als Kellner engagiert, und nun konnte es beginnen.

Als der Teich zugefroren war, ließ mein Mann von Marzahn und einem alten Zimmermann die Brücke zur Insel neu machen, den Zaun um den Teich erneuern und die Brauerei brachte noch Gartenmöbel. Dieses konnten wir alles nur machen, weil wir unseren ganzen Schmuck und die Wertgegenstände verkauft hatten, denn wir mußten ja Betriebskapital haben. Mein Mann besorgte noch drei Mann Musik, die als die Saison begann, alle Tage spielten. Der Koch setzte alles dran, das schönste und beste zu liefern, und so wurde es ein Geschäft, wie es Freienwalde noch nie erlebt hatte. Die Fremdenzimmer waren immer besetzt, der Garten immer voll, und wir wünschten uns oft Ruhe. Wenn die Kaffeegäste gingen, kamen sie schon wieder für abends und so war immer zu tun, bis der Winter kam.

1921
Hotel
Drei Kronen

Um das Geld, was wir im Sommer eingenommen hatten, nicht zu verleben, pachtete mein Mann noch in der Stadt das Hotel Drei Kronen, was auch sehr gut ging. Da ein schöner Saal dabei war und viele Vereine ihre Vergnügen abhielten. Nun ging es wieder auf die Saison im Bade zu. Der Koch kam wieder, die Musiker auch, und da sich der Garten im Jahr zuvor als zu klein erwies, rückte mein Mann mit Marzahn und unserem praktischen Zimmermann den Musikpavillon einige Meter zurück, nachdem sie erst eine tiefe Grube mit Sand gefüllt hatten. Wir schliefen noch, da fuhren sie schon Sand aus den Regenfängen, die an den Bergen waren. Auch eine Tanzfläche im Freien wurde geschaffen, die regen Zuspruch fand. Auf dem Teich waren Boote, die vermietet wurden, und es war wieder ein gutes Geschäft. Nur daß wir teilen mußten: mein Mann in der Papenmühle, ich in der Stadt, und dieses gefiel meinem Mann nicht. Er trug sich mit dem Gedanken, es zu verkaufen und einen Jahresbetrieb zu suchen. Sonntags arbeiteten oft vier bis fünf Kellner, und wir fanden bald Käufer, denn die Papenmühle liegt ja herrlich, mitten in den Bergen, ein schloßartiger Bau.

Wir bekamen nach damaliger Zeit sehr viel Geld, zahlten Herrn Meinberg aus und kauften in Fürstenwalde an der Spree ein schönes, aber heruntergewirtschaftetes Lokal und nannten es „Metropol". Wir fingen wieder an zu renovieren. Es war ein schöner Saal, Bierstube, Weinzimmer, eine große Diele, eine Bar. Im Saal machte mein Mann sonntags Kabarett, in der Diele Tanz und sonnabends waren oft Vereine, die in beiden Räumen tagten. Außerdem war noch dienstags und donnerstags Tanz, sonst alle Tage Konzert. Am 1. 12. hatten wir eröffnet. Weihnachten war so ein Geschäft, daß wir noch Stühle aus den Privaträumen holen mußten und ebenso Silvester. Wir hatten auch hier unsere ständige Kapelle, und es verkehrten nur bessere Familien und Angestellte in unserem Lokal. Mein Mann stockte über der Diele noch auf, um Fremdenzimmer einzurichten, und auch im Saal richtete er Kino ein, und dieses war ein Fehlschlag. Wir hatten so viel Geld aus Freienwalde mitgebracht, daß wir hätten das große Haus neben uns kaufen können, aber dieses hat mein Mann versäumt. Er steckte es in diese zwei Sachen, und anstatt Geld auf der Bank hatten wir dann Bankschulden, und verkaufen wollte er nicht in der Blütezeit, da es Herbert übernehmen sollte. Leider wurde Herbert krank und binnen 10 Tagen war er tot. Es war

Siehe
*„Fürstenwalde:
Rückblick
Auf die
Verwandtschaft"*

1925
Herbert
starb

1929
Edith
Konfirmation

1930
Otto starb

1931
Schwiegermutter starb

1933
Edith
Reifeprüfung

1934
Gerhard
Erich Müller
SS-Mitglied

1935
Martin Härtel
Abitur

Siehe Kapitel
„**Martin Härtel**"

1936
Magdalene heiratete Otto Nixdorf

am 7. 7. 1925. Edith besuchte nach der Grund- und Mittelschule die Aufbauschule, Otto nur die Mittelschule.

Abb. 12 Am Grab ihres Sohns Herbert

Als mein Mann am 9. 1. 1930 starb, bekam ich aus seinen Lebensversicherungen 30.000 Mark, die Herr Münchow, ein Freund meines Mannes, auf Hypotheken und auf die Bank gab. Wir lebten von den Zinsen, und die Kinder bekamen die Ausbildung. Edith wurde Lehrerin, Otto lernte bei Pietsch Schlosser und besuchte nach der Lehre die Beuthschule in Berlin und wurde Ingenieur.

Pirschen[20]

1938 verlobte sich Edith mit Martin, der aus Pirschen, Kreis Neumarkt in Schlesien, stammte. Die Eltern von ihm hatten

---

[20] Gustav Adolf Tzschoppe, Gustav Adolf Harald Stenzel, Urkundensammlung zur Geschichte des Ursprungs der Städte: und der Einführung, 1832, S. 111: „Im Jahr 1241 gab er [Herzog Heinrich I.] diesem Markte Deutsches Recht und bestimmte im Jahr 1250, es sollte … Pirschen dasselbe Deutsche Recht haben, was Neumarkt und die Dörfer in dessen Umgebung besäßen"

1938
Edith verlobte sich mit Martin Härtel
 	
Siehe Kapitel „**Edith Müller**"
 	
1939
Maria nach Pirschen
 	
1940
Hermann Härtel starb
 	
1942
Helmar Härtel geboren
 	
Martin Härtel fiel
 	
1944
Edith heiratete Gerhard Erich Müller
	dort zwei Grundstücke und eine Windmühle. Auf dem größeren Grundstück befanden sich die Bäckerei, Gemischtwarengeschäft, Kohlenhandlung und Saatgutreinigung. Im Unterdorfe das kleinere Grundstück mit Landwirtschaft und Gemischtwarenhandlung, da ein großes Dominium in der Nähe war. Weihnachten 1938 fuhr Edith nach Pirschen, und Martin kam Silvester zu uns. Ende Januar 1939 fuhr ich hin zu Besuch, um die Eltern kennenzulernen, und sie redeten mir zu, nach dort überzusiedeln.
	    Im Mai 39 zog ich also hin, bekam eine Zweizimmerwohnung mit großem Flur, wo meine Möbel schön Platz fanden. Sie bekamen oben im Geschäft so schlecht zuverlässige Leute, und ich übernahm alles und es machte mir großen Spaß. Ende November 1940 starb Herr Härtel ganz plötzlich an Herzschlag. Die beiden Söhne waren Soldat und im Felde, und ich mußte mit Muttel *[Oma Härtel]* alles allein führen. Ich richtete mich auch darin ein und gab mir Mühe, alles aufrecht zu erhalten, damit Georg, der es einmal übernehmen sollte, auch alles richtig vorfand. Muttel hatte das Vieh größtenteils abgeschafft und den Acker verpachtet und bewirtschaftete alles unten, so gut es ging. Leider nahm der Krieg ja so einen unglücklichen Verlauf. Martin fiel im Juli 1942, und am 28. 5. wurde Helmar geboren. Edith war damals bei uns in Pirschen. Im Dezember 44 verheiratete sie sich wieder und ging mit Helmar nach Friedland, Bezirk Breslau.
	    Am 9. 2. 45 kamen die Russen zu uns, und es begann eine furchtbare Zeit. Da wir die Bäckerei hatten, kamen wir mit ihnen in näheren Kontakt und hatten dadurch auch unsere Vorteile. Sie schützten uns oft vor Plünderungen, und besonders als die Polen kamen, standen sie uns bei. Als wir ausgewiesen wurden, sollten wir dort bleiben, aber Gott sei Dank haben wir es nicht getan. Leider haben wir damals viele Fehler begangen. Anstatt die Kanne mit Tee, die wir für unterwegs mitnahmen, mit Sirup zu füllen, und das ganze Geld, was wir noch hatten, in Lappen zu wickeln

Siehe Kapitel „**Gerhard Erich Müller**"

und mitzunehmen, vergruben wir es und nahmen nicht einmal die letzte Seite unseres Sparbuches mit. Wir hatten viel Schererei, um glaubhaft zu machen, daß wir Geld auf der Bank hatten.

1945
Krieg endete
Russen kamen

Otto Nixdorf starb in Gefangenschaft

Magdalene in russischem Lager

Rainer geboren

Abb. 13 Links: Helmar mit Oma, rechts: Stefan mit Oma

1946
Vertreibung

Reglinde geboren

Juni 46 wurden wir ausgewiesen. Wir mußten von Pirschen nach Stephansdorf und durften nur sehr wenig mitnehmen. Dort blieben wir über Nacht im Schloß, wo es furchtbar aussah. Am nächsten Morgen wurden wir alle durchsucht und vieles weggenommen, und es ging wieder zum Bahnhof, wo schon der Zug bereitstand. Nach langer Zeit ging es ab, man achtete gar nicht, wohin wir fuhren, nur daß wir durch Magdeburg kamen, erinnere ich mich noch. Es war wohl in Marienborn (i.e. Mariental) wo wir entlaust wurden und deshalb aus dem Zug mußten und als wir über die Brücke fuhren, die uns nur noch von Westdeutschland trennte, atmeten wir auf. Wir sahen wieder Pferde, Fahrräder u.s.w., was man gar nicht mehr kannte. Nach vielem Hin- und Herfahren kamen wir in Melle an und saßen auf unseren Habseligkeiten. Wir bekamen Zettel, wohin wir sollten, und ein Lastwagen brachte uns wie die

1947 siehe *„Frachtbrief"*	Zigeuner nach Hoyel, wo wir beim Bürgermeister Meyer abgeladen wurden. Die jungen Leute waren schnell vergriffen, aber uns Alte wollte keiner nehmen. Abends um 9 hatten Muttel und ich noch kein Quartier. Die uns nehmen sollten, „Frommes", machten erst gar nicht die Tür auf, und so waren wir dann bei Tischler Spanier, wo wir auf einem Stuhl die Nacht verbringen konnten. Am nächsten Tag kamen wir in die Schusterbude *[Werkstatt]* der alten Frau Ostermeier, die uns die ganze Zeit mit Argwohn betrachtete. Lenchen besorgte uns dann das Zimmer bei Schäffer, und wir fristeten unser Leben, daß ich für die Leute strickte und dafür Lebensmittel bekam. Herr und Frau Potthoff haben viel Gutes an uns getan, und sie hat immer für Arbeit gesorgt. Im Dezember kam Georg aus der Gefangenschaft zurück, und da Muttel nicht mehr allein war, trug ich mich mit dem Gedanken[21], zu Edith zu gehen, die ja auch ausgewiesen war und in Mattierzoll wohnte. Sie hatte nun 3 Kinder und das 4. war unterwegs und Ende März 49 siedelte ich nun über.

Hinweis: Die linke Randspalte enthält folgende Einträge:

1947 siehe *„Frachtbrief"*

1949 Stefan geboren

Maria zog nach Mattierzoll

Siehe *„Pirschen unter Russen und Polen"*

1951 nach Westerlinde

1977 Maria starb

Abb. 14 Links: Oma Erdmann mit Urenkelin Sonja und Erich, Mitte: in der Westerlinder Küche, rechts: mit Sonja

---

[21] Die Härtel-Oma erzählte einmal, daß sie die Erdmann-Oma dazu gedrängt habe, da sie sich um Edith gesorgt hatte. Zunächst sei der Kommentar der E.-Oma gewesen: es sei doch viel besser, wenn sie durch Stricken Geld bekomme und an Edith schicke.

Zwischenbemerkung (von Helmar)

Maria Erdmann, unsere Oma in Mattierzoll und Westerlinde, war überaus tüchtig: diszipliniert, vernünftig, leistungsbereit. Durch ein langes Leben voller großer Verluste gefestigt entsprach sie Voltaires Bild vom Alter: „Das gesunde Wunschbild des Alters ist das der durchgeformten Reife; das Geben ist ihr bequemer als das Nehmen." Sie hatte gelernt: „Auf eine menschenwürdige Weise alt zu werden und jeweils die unserem Alter zukommende Haltung oder Weisheit zu haben, ist eine schwere Kunst" (Hesse)[22].

Fürstenwalde: Rückblick auf die Verwandtschaft
Maria Erdmann erzählt weiter:

Mit den Verwandten meines Mannes hatte ich sehr trübe Erfahrungen gemacht. Wir waren jung verheiratet, als Clara, seine Schwester, in Bad Freienwalde das Geschäft kaufen wollte. Sie wußten, daß ich Geld habe, und traten an mich heran, ihnen 2000 Mark zum Kauf zu leihen. Mein Mann wollte es auch nicht, und so sagte ich, daß mein Geld fest auf Hypotheken angelegt ist und Vater ja sein Grundstück beleihen könnte, und dieses wurde dann auch schweren Herzens getan. Auch als ich nach dem Tode meines Mannes das Geld für die Lebensversicherung erhielt, ging es ihnen besonders schlecht. Sie hatten sich eine große, schöne Villa gemietet und hatten 4 Taxen laufen. Die Ansprüche, die sie stellten, waren wohl mit den Einnahmen nicht vereinbar, und so waren sie schon einige Monate mit Miete im Rückstande und sollten räumen. Sie traten an mich heran, ihnen Geld zu leihen, und ich verwies sie an Herrn Münchow, der ja alles für mich erledigte. Sie gingen zu ihm, und er versprach ihnen das Geld zu geben, wenn sie dafür ihre Möbel verpfändeten und mein Schwager Max und Großmutter als Bürgen unterschrieben. Sie taten es auch, und sie bekamen das Geld. Sie rührten sich aber nicht, wie es die andern taten, dafür Zinsen zu zahlen, und als wir sie mahnten, war die Feindschaft fertig.

Nun verlangte Herr Münchow das Geld zurück, aber vergebens. Nach einiger Zeit schrieb er mir, daß jetzt der richtige Augenblick gekommen wäre, das Geld zu erhalten, denn sie hatten die Möbel auch an andere ver-

---
[22] Zitiert nach Entscheidend im Alter ist das dreifache L, in: FAZ vom 6.3.2010 (Nr.55), Z 2.

pfändet und diese wollten nun klagen. Ich setzte mich nun gleich mit meinem Schwager in Verbindung, denn dieser mußte ja dafür auch einstehen. Wir fuhren am nächsten Morgen nach Freienwalde, und mein Schwager und meine Schwägerin gingen zu ihnen, ich wartete in einem Lokal. Sie telefonierten, daß auch ich hinkommen sollte, aber ich ging nicht. Nun kamen sie und wollten mich bewegen, nicht zum Rechtsanwalt zu gehen, sondern unter sich abzumachen, aber Herr Münchow hatte mich schon instruiert, und ich wies dieses zurück. Als der Rechtsanwalt erfuhr, daß sie mit der Möbelbeleihung solche unfairen Sachen betrieben hatten, wollte er die Verteidigung niederlegen. Clara hatte auf dem Grundstück meines Schwiegervaters noch nach seinem Tode, der am 24. erfolgte, 2000 Mark Erbteil zu bekommen und dieses trat sie dann an mich ab, und sie bekam ihren Schuldschein zurück. Meine Schwiegermutter starb Anfang März 1931, und sie hatte ja auch noch 2000.- Mark, die auf die Erben verteilt werden sollten. Clara bekam das Geld nicht eher, bis sie die Summe von 1/3 für den Grabstein gab, der gesetzt werden sollte. Ich wollte damals das Grundstück übernehmen, aber sie verkauften es an einen Schuhmacher, der damals dort wohnte.

Pirschen unter Russen und Polen

Nun will ich noch etwas über die Russenzeit in Pirschen berichten. Lange vorher kamen schon immer Flüchtlinge in unser Geschäft, die uns erzählten, daß die Russen schon an der Oder wären, aber wir glaubten es nicht. Nun kam Ende Januar 45 auch bei uns der Befehl des Abrückens, und wir bepackten von Frau Atzler, unserer Nachbarin, einen großen Kastenwagen mit Mehl, Zucker und anderen Lebensmitteln und Kleidern, was darauf ging, aber es wurde wieder abgeblasen. Nun fragten wir immer wieder bei der Leitung an, aber nichts wurde bekannt, bis am 9. 2. 45 früh Schneider Schüttler [*Ortsgruppenleiter*] an unsere Tür pochte und den Befehl gab, noch vor Tagesanbruch über der Autobahn zu sein, die bei Jerschendorf vorbeiging. Wir hatten doch alles wieder ausgepackt, und nun suchten wir in der Eile alles, was wir konnten, zusammen. Es war natürlich schon hell geworden, ehe wir mit Vogts Fuhrwerk wegkamen, und als wir in Tschammendorf, unserem Nachbarort, ankamen, mussten wir schon den russischen Panzern Platz machen, die uns von ihren Fahrzeugen zuwinkten. Da alles von Fuhrwerken verstopft war, liefen wir nach Pirschen zurück. Hier brannte noch das elektrische Licht, das wir in der Eile vergessen hatten auszudrehen, und im Rinnstein lag das zerlassene Butterschmalz, das ich für Wasser gehalten und ausgegossen hatte. Wir waren froh wieder zu Haus zu sein, wußten wir ja nicht, was uns bevorstand und wie lange es dauern sollte.

Nicht lange, und wir sahen auf der anderen Straßenseite die ersten Russen vorbeilaufen, aber es waren keine so zerrissenen, abgemagerten Gestalten, wie sie immer geschildert worden waren. Die Polen, die bei den Bauern gearbeitet hatten, nahmen die Pferde von diesen und fuhren davon. Nicht lange, und es wimmelte im Dorf vor Russen. Mit ihren Lastwagen fuhren sie durch die Zäune, und bald war unser Dorf nicht mehr wieder zu erkennen. Das Vieh wurde frei gelassen, Kühe, Schweine usw. trieben sich im Dorf herum. Die Kühe durften nicht gemolken werden und brüllten, es war furchtbar. In unseren Zimmern quartierten sich bald Russen ein, und wir waren in einem Zimmer zusammengetrieben. Tag und Nacht blieben die Türen offen, und immerfort ging es treppauf, treppab, jeder nahm was mit. Endlich kamen einige Kapitäne zu uns ins Quartier, die uns beschützten und uns auch zu essen gaben. Wenn in der Nacht fremde Russen uns belästigen wollten, war ihr Bursche immer gleich zur Stelle. Aber dann mußten wir auch von da weg und kamen in die Bäckerei. Wir nahmen nun unsere Lebensmittel, die wir noch hatten, mit und versteckten sie im Keller, vor dessen Tür wir Holz aufstapelten, und so fanden sie den Eingang nicht. Auf den Dominiumfeldern war viel Raps angebaut worden, und diesen holten wir schon früh ganz zeitig, alle Tage solange es etwas gab und daraus machten wir Öl und hatten dieses für das Kochen und aufs Brot. Frau Atzler und ich fuhren mit einem Handwagen nach Kostenblut und holten aus der Molkerei Käsepulver, aus dem wir uns Kochkäse machten. Die Russen brachten uns oft auch etwas, da wir ja für sie Brot gebacken haben, und die Leute, die für ihren Schrot, Brot bekamen, mußte jeder auch etwas Holz mitbringen. Nach dem Brot kamen die Russen immer mit dem Leichenwagen, um es zu holen. Bald waren keine Kuh, kein Pferd und kein Huhn mehr im Dorf, so gewüstet hatten sie mit allem. Wenn einer wirklich noch eine Ziege oder ein Huhn hatte, durfte er es keinem sagen und in der Nacht immer im Haus behalten, denn alles wurde gestohlen. Im

Laden in der Bäckerei watete man im Seifenpulver, Zucker usw., alles war untereinander geschüttet worden, nichts mehr zu gebrauchen. Eines Tages mußten wir auch aus der Bäckerei raus und entweder nach Zieserwitz oder nach Jenkwitz. Wir wählten Zieserwitz, da Muttel da ihren Bruder hatte, bei dem wir unterkamen.

Es waren vielleicht schon 20 Leute dort, aber wir konnten doch auch noch bleiben, und da habe ich erst Tante Emma *[Frau von Paul Hanke, einem Bruder der Oma Härtel]* kennengelernt, was für ein guter Mensch es war, denn sie teilte mit uns alles. Sie hatten viel Vorräte von einem Militärlastwagen, der bei ihnen stehen geblieben war, als die Russen kamen, und da brauchten wir keine Not zu leiden, denn auch wir hatten ja von unserem Geschäft noch allerhand. Muttel ging oft von da nach Pirschen in die Bäckerei, und nach einiger Zeit konnten wir wieder ganz rüber, und wir wirtschafteten wieder. In den Schränken fanden wir nichts mehr, alles war geplündert. Was nicht die Russen nahmen, stahlen die Deutschen. Leider auch Leute, von denen man es heut nicht mehr glauben würde, wenn man es erzählte. Lange hörte ich nichts von meinen Kindern. Ich wußte wohl, daß Otto mit Lotte und Wulf in Eckernförde sicher war, an Edith mit Erich und Helmar in Friedland, Bezirk Breslau, dachte ich, aber ob sie noch dort waren, und wie es ihnen ging, wußte ich nicht. Ich hörte immer das Donnern der Geschütze von dort drüben, und die Angst und Sehnsucht war oft groß. Als es dann etwas ruhiger, und schon einige dort gewesen waren, entschloß auch ich mich, mit einigen Frauen dorthin zu gehen. Wir liefen[23] bis Königszelt[24], von wo ab und zu ein Zug nach Waldenburg gehen sollte.

---

[23] Pirschen – Königszelt = 28,71 km

[24] Im Jahre 1761 hatte Friedrich der Große bei Bunzelwitz ein verschanztes Lager bezogen. Er stand mit 50.000 Soldaten gegen 132.000 Soldaten der verbündeten Österreicher und Russen. Während des Lagers wohnte der König in einem Zelt. Aus diesem Grunde gab man der in der Nähe gegründeten Bahnstation den Namen Königszelt. Zur Erinnerung an dieses Feldlager stand am Nordrand des Bahnhofes ein Gedenkstein.

Als im Jahre 1843 die Eisenbahnstrecke zwischen Breslau und Freiburg in Schlesien errichtet wurde, lagen die wichtigen Städte Striegau und Schweidnitz zehn Kilometer abseits der Trasse. Zum Anschluss dieser Städte wurde eine Querverbindung gebaut, die sich auf den Feldern des Dorfes Bunzelwitz mit der Hauptstrecke kreuzte. Es entstand ein Bahnhof, um den sich schnell eine Eisenbahnersiedlung bildete. Königszelt entwickelte sich zu einem Eisenbahnknotenpunkt. 1853 wurde die Strecke von Freiburg bis Waldenburg weitergeführt, 1855 erfolgte die Verlängerung der Schweidnitzer Strecke bis Reichenbach im Eulengebirge

Der nächste Zug ging erst am andern Morgen frühzeitig, und so übernachteten wir bei einem Mann, dem wir einige Nährmittel gaben. Wir waren alle schwer bepackt. Ich hatte ein paar Brote, Öl, Mehl, vielleicht auch noch mehr. Jedenfalls wurde mir der Weg sauer, aber es war ja für meine Lieben. So bepackt war ich wohl zwei- oder dreimal dort. Das letzte Mal war es 1946, gerade an Helmars Geburtstag (Dienstag, 28. 5. 1946) und an einem Freitag (31. 5. 1946) ging ich zurück nach Pirschen. Es war aber die höchste Zeit, denn Montag (3. 6.) drauf mußten wir fort und Edith etwas später (9. 6.). Otto hatte mir öfter geschrieben, denn von dort ging ja die Post immer ab, aber sie kam bei uns nicht an. Wie groß war die Freude, als ich wirklich die erste Karte nach so langer Zeit bekam und auch von ihnen wußte, daß es ihnen gut ging.

Abb. 15 Weihnachten 1960 in Westerlinde

Wir saßen mitten im Kessel, hörten die Kanonen von Breslau, Steinau und Neusalz donnern, und auf der nahen Autobahn jagte der Feind hin und her, nachdem vorher 1939 unsere Soldaten nach Polen fuhren. Man hörte das Rollen der Fahrzeuge Tag und Nacht. Der erste Gefallene aus Pirschen in Polen war Walter Nixdorf, ein Schwager von Tante Lenchen.

---

und 1863 bis Neisse. Die Striegauer Strecke wurde 1856 über Jauer nach Liegnitz erweitert. Wegen der günstigen Eisenbahnverbindungen erfolgte 1863 der Bau einer Porzellanfabrik.

Als nun Georg im Dezember 1948 nach Hoyel aus englischer Gefangenschaft kam, entschloß ich mich zu Edith zu gehen, und dieses tat ich dann auch Ende März 1949. Wir hatten eine sehr kleine Wohnung, und Erich und ich verdienten uns oft etwas, indem wir zu den Bauern Schotenpflücken gingen. Am 1. 8. 1949 wurde Stefan geboren, und Edith wurde dann bald sehr krank und war bald ½ Jahr fort. Ich besorgte indessen den Haushalt, und als sie dann zurückkam, zogen wir wohl auch bald nach Westerlinde. Es war Mitte August 1951.

Der Frachtbrief
Helmar erzählt:

Als der Krieg sich Ende 1944 seinem Ende näherte, war Schlesien noch weit von den Schrecken dieses Endes entfernt, und man nannte es sogar gelegentlich den Reichsluftschutzkeller. Die amerikanischen, vor allem aber die britischen Bomber reichten nicht bis in diese östliche Provinz des Reiches und hatten immer schon vorher ihre tödliche Fracht abgeladen: Hamburg oder Braunschweig ja, aber doch nicht Breslau. Auch die Versorgung mit Lebensmitteln war in dieser agrarisch geprägten Gegend gut, jedenfalls besser als bei der darbenden Bevölkerung in den Städten.

Meine Großmutter Maria Erdmann lebte damals zusammen mit meiner anderen Großmutter Gertrud Valeska Härtel in dem Bauerndorf Pirschen, Kreis Neumarkt bei Breslau und betrieb mit dieser einen Kaufmannsladen, eine Bäckerei und eine Kohlehandlung. Man kam trotz aller Einschränkungen gut an Lebensmittel heran und konnte in beschränktem Maße Hilfe leisten. Davon erzählt ein Frachtbrief, den Maria Erdmann zusammen mit einem Sack Kartoffeln am Freitag, den 13. Oktober 1944, nachdem sie sich beim Ortsbauernführer in Pirschen die Transaktion hatte genehmigen lassen, auf eine Reise nach Klausburg oder Mikultschütz schickte, wie der Ort bis 1936 hieß. Die Nationalsozialisten hatten den slawischen Namen germanisiert. Der Ort lag im Industriegebiet von Oberschlesien zwischen Gleiwitz und Beuthen.

Am 16. Oktober wurde eine sogenannte Kraftwagenhilfsstelle des Ortes Pirschen in Anspruch genommen, um den Kartoffelsack von 70 Kilo offenbar an den nächsten Bahnhof in Neumarkt zu bringen. Von dort begann eine 180 Kilometer lange Reise nach Südosten. Mehrere Umlade- und

Zugwechselbahnhöfe wurde berührt. Am 17. Oktober fand der erste Wechsel in Breslau West statt, dann wurde fünf Tage später am 22. Oktober in Sosnowitz Nord bei Kattowitz, einem Ort, der seit dem Polenfeldzug 1939 zu dem rückgegliederten Ostoberschlesien, wie man es damals formulierte[25], gehörte, wieder umgeladen. Nun ging es am 22. Oktober nach Beuthen, um am 25. endlich in Klausberg, also Mikultschütz zu landen.

Abb. 16 Kartoffelroute (Original Karte Oberschlesiens 1901 (Gemeinfrei))

Damit war das Ziel der Reise erreicht und zwei Tage später am 27. Oktober um 11.00 Uhr wurde der Kartoffelsack gegen Zahlung von zwei Reichsmark und 20 Reichspfennigen Edith Arndt übergeben, sicher ein glücklicher Moment, denn damit war sie sicher für einige Zeit mit einem wichtigen Grundnahrungsmittel versorgt.

Ein Jahr später zog der Krieg mit seinem Schrecken auch in Schlesien ein. Erst kamen die Russen, dann die Polen, die nun alle Deutschen aus dem Lande auswiesen, mit Stumpf und Stiel wurden die deutschen Wurzeln ausgerissen und eine 600 Jahre alte Geschichte kam zu ihrem unwiderruflichen Ende.

---

[25] Fragte man Jaroslaw Kaczynski , würde er es sehr anders sagen.

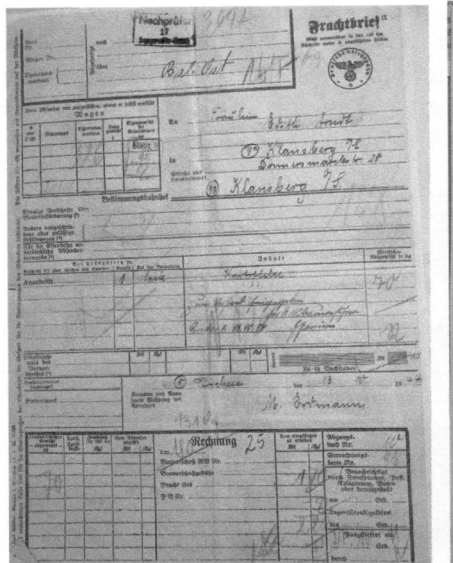 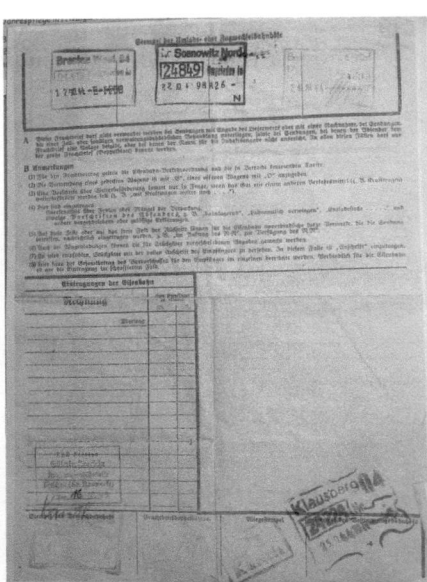

Abb. 17 Ablichtungen des Frachtbriefs

In einem Brief vom 14. Februar 1947 schreibt Maria Erdmann: „Sie haben uns alles genommen und das Schlimmste noch, daß wir nur mit dem, was wir tragen konnten, unsere Heimat verlassen mußten. Wir sind bettelarm, denn das wenige, was uns der Russe ließ, nahm uns noch der Pole. Am 3. 6. mußten wir aus Pirschen fort und kamen Pfingstsonnabend hier an [Hoyel bei Herford]. Wir wurden nicht gern aufgenommen und nachts halb 12 stand ich mit Frau Härtel, mit der ich noch zusammen bin, noch auf der Straße und wir wußten nicht wohin. Früh kamen wir dann zu einer 80jährigen Frau, die sehr geizig und mißtrauisch war und bei der wir es nicht gut hatten …"

Aber die Geschichte hat ein Happyend. Maria Erdmanns Hilfsbereitschaft fand einige Zeit später ein großes Wirkungsfeld im Haushalt ihrer Tochter Edith. Eine Familie mit vier Kindern, das letzte davon ein Baby, mußte versorgt werden, und die Mutter war krank. Bis ans Ende ihres langen Lebens blieb sie dieser Familie treu zur Freude aller Angehörigen.

Otto Erdmann
- Streiflichter auf seine Ehe mit Maria Heisig
Helmar erzählt weiter:

Abb. 18 Otto Erdmann als Schützenkönig

Otto Erdmann[26] muss ein gut aussehender Mann gewesen sein. Er war beim Militär, hatte ein Faible für Tanzmusik und, wenn er Trompete oder Geige spielte, müssen ihm die Herzen der weiblichen Zuhörer zugeflogen sein. Jedenfalls umgarnte er die junge, mit einer ordentlichen Mitgift versehene, lachbereite, schon einem seriösen, kurz vor dem Examen stehenden Lehramtskandidaten verlobte Maria Heisig derart, dass sie alle Bedenken fahren ließ und gerne die Braut des verführerischen Musikanten wurde. Sie war sehr schlank. Er neigte zu fülligeren Damen, weshalb er versuchte, ihr durch Schokoladenkuren üppigere Formen anzufüttern, vergeblich. Maria gab ihm ihr Geld, ihre Liebe und

---

[26] August Paul Otto Erdmann (laut Geburtsurkunde, laut Taufschein vom 19. 9. 1907 August Friedrich Otto Erdmann) wird am 20. November in Tzschetzschnow (der sorbischstämmige Name seit 1937 germanisiert zu Güldendorf, heute ein Ortsteil von Frankfurt an der Oder) geboren. Der Ort entstand um 800, als Slawen sich westlich der Oder niederließen, erstmals 1230 urkundlich erwähnt im Privilegienverzeichnis des Moritzklosters in Halle (als Cessonowo). Sein Vater war der Arbeiter Johann August Erdmann, geb. am 15. 11. 1857, getauft am 29. 11. 1857 in Krebsjauche, Sohn des verstorbenen Arbeiters Johann Georg Erdmann und seiner Ehefrau Johanna Luise, geborene Trampe, wohnhaft zu Tzschetzschnow, und seiner Mutter Emilie Auguste Thran, geboren am 4. August 1854 zu Schönow, getauft am 20.August 1854, Tochter des verstorbenen Arbeiters Friedrich Wilhelm Thran und seiner Ehefrau Auguste, geborene Schmidt aus Schönow.

In seiner Heiratsurkunde wird Otto Erdmann als Hoboist geführt, eine Bezeichnung für einen Militärmusiker in einem Musikkorps, in der Infanterie des deutschen Heeres bis zum ersten Weltkrieg üblich.

ihre Arbeitskraft, denn der junge Ehemann war nicht zu bewegen, eine Beamtenstelle anzutreten, wie sie für die sogenannten Zwölfender angeboten wurde. Dabei war es ihr Traum gewesen, an der Seite eines wohlsituierten Staatsbediensteten den Haushalt zu führen und derart gesichert durchs Leben zu gehen. Stattdessen zeigte er Unternehmergeist und Begeisterung für alles Moderne wie etwa für das Radio, das 1923 erstmals in Deutschland auf Sendung ging. Und schneidig wie er war, schwärmte er für edle Pferde, was ihn zum Kauf eines ‚bildschönen' Rosses verführte. Bei der ersten Ausfahrt mit dem feurigen Tier über Land ging es lustig voran, bis es auf einem Bahnübergang stehen blieb und nicht mehr vor oder zurück zu bewegen war. Das Pferd war nicht nur schön, sondern auch verrückt. Sein modern unternehmender Geist stiftete ihn an, Geld in Aktien zu investieren. Da er sich aber nicht persönlich um ihren Verkauf zur rechten Zeit verstand, sondern einen Bekannten mit dieser Transaktion beauftragte, hatte er keinen Gewinn, möglicherweise einen Verlust bei diesem Geschäft zu verzeichnen. Beide von der Oma später gern erzählte Anekdoten werfen ein deutliches Licht auf sein Temperament und Wesen. Er kaufte als durch seine Frau vermögender Mann zunächst in Reichenbach/Schlesien eine Kapelle und ein Haus zu ihrer Unterbringung.

Das Geschäft lief einige Jahre bestens bis zum Kriegsbeginn. Man spielte auf allen Arten von Festen, war mit den eigenen Fuhrwerken unterwegs, und die junge Ehefrau sorgte fleißig für Küche und Riesenhaushalt. Nebenbei wurden 1908, 1915 und 1917 die Kinder geboren. Nach dem Krieg war noch genügend Geld da, um in Bad Freienwalde im Kurpark ein heruntergekommenes Hotel zu erwerben, es zu renovieren und mit Erfolg zu führen. Diese Papenmühle konnte nur im Sommer bewirtschaftet werden, weshalb er in Fürstenwalde ein weiteres Gasthaus erwarb, bis die doppelte Bewirtschaftung das Ehepaar so übermäßig in Anspruch nahm, daß er die Papenmühle verkaufte. Nur kam dann die Weltwirtschaftskrise, die Gäste blieben weg und Investitionen, die sich nun nicht rechneten, drückten schwer aufs Gemüt. Eine schon bestehende syphilitische Krankheit[27] hat ihm seine Lage offenbar so aussichtslos erscheinen lassen, daß er sich in der Neumark jenseits der Oder einen Revolver besorgte und erschoss. Es wird berichtet, daß er zweimal schießen mußte, weil er beim ersten Versuch wohl blind gewor-

---

[27] Dr. Sommerfeld, 1944: „Selbstmord, wirtschaftliche Gründe, wahrscheinlich Ausdruck noch unerkannter metasyphelitischer Veränderungen."

den, aber am Leben geblieben war. Für den Unterhalt der hinterbliebenen Familie hatte er versucht, durch den Abschluss mehrerer Lebensversicherungen zu sorgen, denn die daraus anfallenden Zinsen ermöglichten einen sparsamen Lebensunterhalt.

Abb. 19 Kapelle in Reichenbach; vergrößerter Ausschnitt: Otto mit Zylinder

Das Leben ging weiter. Maria Erdmann verlor durch den zweiten Weltkrieg ihre restliche Habe, auch die Ansprüche auf die Lebensversicherungen. Nach der Vertreibung aus der schlesischen Heimat kam sie zuletzt im Haushalt ihrer Tochter Edith unter und verlebte in deren Familie einen arbeitsreichen, aber zufriedenen Lebensabend. Wie sie über ihre Familie urteilte, ging aus so manchen muntern Gesprächen hervor. Den arbeitssuchenden Schwiegersohn hatte sie mit ihrem einstigen Hausnachbarn Professor Bohne in Kontakt gebracht in der Meinung, der könnte dem noch nicht rehabilitierten Beamten weiterhelfen. Frau Bohne schrieb ihr dann in einem Brief, man halte den Siebenunddreißigjährigen für einen „Phantasten." Und über Tochter Edith sagte sie: „Die Edith war schon immer komisch." Sie erzählte auch von den diversen Seitensprüngen ihres Ottos, dann lachte sie und fügte hinzu: „Aber ich bin ihm immer darauf gekommen." Sie scheute sich auch nicht, ihre Enkel Helmar und Rainer-Andreas mit ihrer knochigen

Hand zu „tachteln." Stefan war nur „das Kind," für den sie aber eben auch seit seinem dritten Monat die Mutter ersetzte, weil Tochter Edith fast ein dreiviertel Jahr lang ihr Leben in Krankenhäusern und Heilanstalten fristete. Ihre außerordentlichen handarbeitlichen Fähigkeiten – im Breslauer Marien- und Agnes-Stift erworben – vererbte sie an ihre Enkelin Reglinde weiter. Sie war eigentlich immer sehr heiter, wenn sie im Kreis ihrer Enkel und deren Partnern ins Plaudern kam. Im einundneunzigsten Lebensjahr ist sie im Schulhaus des kleinen Ortes Westerlinde im Kreis Wolfenbüttel gestorben.

Unter den hinterlassenen Briefschaften fanden sich zwei Umschläge, der eine mit der Aufschrift „Meine erste Liebe Jules" und der andere „Meine Freundin Schwester von Jules." In den darin enthaltenen Briefen spielt jene nun über 45 Jahre zurückliegende Trennung der Verlobten Maria Heisig und Julius Weese keine Rolle, auch wenn sie damals in vieler Hinsicht schwerwiegende Folgen hatte: Jules fiel durch beim Examen. 1950 tritt er in Briefen an Maria Erdmann als ein hilfsbereiter und fürsorglicher Freund auf, der am Schicksal der Kinder, vor allem deren beruflicher Zukunft Anteil nimmt und versucht, Wege zu finden, um sie wieder in Amt und Brot zu bringen.

Am Schluss sei ein Gedicht von Julius Weese, von der Hand seiner frommen Schwester geschrieben, zitiert, in dem sein katholischer Glauben aufscheint. Maria Erdmann verbrachte einen großen Teil ihres Lebens im katholischen Glauben. Erst in Pirschen, einer protestantisch geprägten Umgebung, ist sie damals konvertiert:

Droben auf des Felsens Gipfel
Steht ein Kirchlein mir bekannt.
Schaut hinaus auf Wald und Fluren,
Segnend unser Schlesierland.

An dem Sockel seiner Mauern
lehnt sich Tann und Fichtengrün.
Unten schlingt die Glatzer Neiße
Ihre Bögen um dich hin.

Und der Beter[28] kommen viele,
Suchen Trost und Zuflucht dort
Hoffen fest, daß ihnen werde
Heil und Hilfe nun hinfort.

Schon als Knabe mit der Mutter
Stieg ich oft den Berg hinauf
Faltete gar fromm die Hände
Sah zur Mutter Gottes auf.

Doch seit Jahren Mutter Gottes
Darf kein Deutscher vor Dein Bild,
Nicht vertrauend zu dir beten
unter Deinem Schutz und Schirm [der Reim fordert „Schild."]

Wann o hohe Mutter Gottes
Dürfen wir zu dir zurück?
Schenk uns wieder unser Kirchlein
Schenke uns der Heimat Glück.

(Jules Weese)

Edith Müller, verwitwete Härtel, geborene Erdmann[29]

Blick in die frühe Kindheit (Fragment, vielleicht 1984 verfaßt)

Mein Vater wurde am 20. XI. 81 in Tzschetzschnow, einem oderaufwärts gelegenen Vorort Frankfurts geboren. Meine Großeltern müssen schon einige Jahre später in die auf dem Ostufer jenseits des An den Oderwiesen sich hinziehenden Dammes gelegene Vorstadt gezogen sein (Damm-

---

[28] Gemeint ist wohl die Wallfahrt nach Wartha mit seiner wundersamen Gnadenfigur der Muttergottes. Zur Wallfahrt gehörte auch die Marienkapelle auf dem Warthagebirge.

[29] BDC (Berlin Document Center) RS Müller,.

vorstadt, heute polnisch), sich dort ein in der Frauendorferstraße gelegenes kleineres Mietshaus gekauft haben, denn mein Vater hat dort die Schule besucht, davon hat Großmutter viel erzählt. Die Großeltern waren sparsame, fleißige, etwas karge Menschen, wie die Mark Brandenburg sie hervorbringt.

Das Haus, in dem wir viele Sommerferien verbrachten, sehe ich deutlich vor mir. Die vielfenstrige Front des zweistöckigen Hauses sah auf eine stille Straße. Im Haus wohnten mehrere, ich glaube sechs Familien zur Miete, meist waren es ältere Ehepaare, denn die Wohnungen waren nicht groß. Nur im oberen Stockwerk lag eine große Wohnung, die anfangs die Großeltern innehatten. Durch den unteren geräumigen Flur gelangte man in den mit Backsteinen gepflasterten Hof, um den säuberlich die Abstellgelasse der Mieter standen. Dann liefen wir Kinder glücklich und neugierig durch einen überdachten Gang in den Garten, dessen Würzkräutergerüche ich noch heute genieße, wenn ich an ihn denke. Hier stand ein Hühnergatter und an buchsbaumeingefaßten Rabatten wuchsen nacheinander alle Blumen des Jahres, Beeren, Gemüse. Mein Lieblingsbaum stand links von der Laube, ein „Spillings"baum; er trug rötliche, köstlich schmeckende Pflaumen, die erst im Spätsommer richtig reiften. Aber auch schon im Ferienmonat Juli warf er einige Früchte

Abb. 20 Edith als kleines Mädchen

herunter und morgens führte der erste Weg zu diesem Platz und jeder Fund wurde zum Schatz. Äpfel und Birnen (die gute Luise) brachten dann die Großeltern mit, wenn sie uns im Herbst besuchten. Damals wohnten wir in Fürstenwalde, das war schnell erreicht. Wenn wir in Frankfurt ankamen, mußte ich sofort zum Bäcker straßabwärts laufen und Salzkuchen holen, wunderbar kräftig schmeckende Roggenbrötchen. Blieben wir zu einem längeren Besuch, dann waren die Oderwiesen, der Damm und die unmittelbar an den Buhnen liegende Badeanstalt unser Tummelplatz. Hatten wir die Räder dabei, dann konnten wir kilometerweit oderabwärts fahren, die Wiesen zur einen, Felder und Kiefernwälder (in der Ferne) zur anderen Seite. Vatis jüngster Bruder Max hatte sich hier gleich hinter dem Damm ein Haus gebaut mit großem Garten und noch viel unbebautem Land drum herum. Mit den Vettern Herbert und Werner spielten wir manchen Tag hindurch.

Aber ich wollte von meinem Vater erzählen, der hier die Volksschule besuchte. Großmutter erzählte oft, daß er mit Lob und Auszeichnungen nach Hause gekommen wäre. Sie war so stolz auf ihn, liebte alle ihre Kinder sehr, auch Klärchen und das Mäxchen, von dem der Lehrer gesagt hatte: „Mäxchen kann schon, er will nur nicht!"

Mein Vater kam nach der Schule wohl auf Anraten des Lehrers –an eine höhere Schulbildung dachte man nicht–, in eine Lehrlingskapelle. Diese Unternehmungen gab es häufig besonders im mitteldeutschen Raum, Schlesien und Thüringen, und dort lernte er Geige und Oboe. Er ist dann eigentlich nicht mehr längere Zeit bei seinen Eltern gewesen.

Während der Militärzeit hat er in der Regimentskapelle gespielt und blieb dabei für 12 Jahre, zuletzt als Stabsfeldwebel. Großmutter erzählte, daß mein Vater als guter Schwimmer durch die Oder geschwommen sei, wegen der vielen Strudel war das nicht ungefährlich.

Als meine Eltern sich kennenlernten, gehörte mein Vater noch dem Militär an. Meine Mutter lebte damals in Grottkau, zusammen mit ihrer älteren Schwester Annel bewohnten sie eine kleine Wohnung. Die Eltern waren schon vor Jahren gestorben. Großvater Heisig war Fleischermeister (Handwerksältestenmeister), das Haus stand am Ring in Grottkau. Die erste Frau war ihm gestorben, und so heiratete er die jüngste Tochter eines Bauerngutsbesitzers aus Marienau, einem Dorf in der Nähe von Grottkau. Diese Orte habe ich als Kind noch kennengelernt, wenn meine Mutter ihre

Familie dort besuchte. Viele Erinnerungen habe ich an den alten großen Bauernhof, wo auch das eigene, herrlich duftende Brot gebacken wurde, wo ich oft auf der Flucht vor frei umherlaufenden Tieren war. Einmal brachten wir in der Erntezeit den Schnittern die Mahlzeit aufs Feld, und ein von der Koppel herübergelaufenes Fohlen galoppierte mit langen Beinen hinter mir her, ich lief schreiend zum Hof zurück. Oder ein Puter im Grasgarten lief kollernd rot an und erschreckte mich damit. Aber der Hof, das Haus, die Ställe und das zum Altenteil gehörende Häuschen jenseits der breiten Dorfstraße, in dem wir immer wohnten.

Ferien in Fürstenwalde (Fragment, vielleicht im Jahr 2000 verfaßt)

Die Vettern aus Berlin kommen zum Schwimmen. Mit meinen 12 Jahren kann ich nicht gut mithalten, in der Spree oder im Bad Saarow-Strand und dem See. 1928 kam noch ein Verwandter mit zu uns, kam aus Grottkau in Schlesien und studierte in Berlin, wohnte bei Tante Ida [*Schwiegertochter von Eduard*]. Wir machten wunderbare Radfahrten an den Scharmützelsee. Der neue junge Mann hieß Joseph Ackermann, war katholisch, sehr höflich und zurückhaltend, und seine Gegenwart war angenehm. Mary (Haustochter) erzählte mir, er hätte beim Abschied von „Herzverloren" gesprochen. Später hätte mich das wohl bewegt, aber ich war nur ein schlaksiger Backfisch. [*Backfisch ist eine Bezeichnung für Mädchen im Teenager-Alter. Der Begriff stammt aus dem Fischfang und bezeichnete sehr junge Fische.*] Und ich glaube, er wollte Priester werden wie auch andere junge Männer, die meine Verwandten in Berlin Kyffhäuser Straße besuchten.

Abb. 21 Familie Erdmann 1928

Heute kommt mir Fürstenwalde wie ein grünes Paradies vor mit dem Fluß, den Seen, den Wiesen und Wäldern. Ich glaube schöner habe ich nie gewohnt.

Dann kam die Tanzstunde bei Herrn Hegenscheidt mit Friedel Ehrhardt, dem getreuen Paladin, den ich aus übergroßer Unkenntnis des Lebens in die Wüste geschickt habe (1929). Schließlich Vatis Tod in Bad Schönfließ[30]. „Was wird denn nun aus Edith?" hatte Frau Ehrhardt meine Mutter am Telefon gefragt.

Auch mit Vetter Ernst verstand ich mich gut. Da gäbe es viel zu erzählen. Er studierte zunächst Bergbau, aber da er im Waldenburger Bergland beinahe in ein schweres Bergunglück geraten wäre, drang seine Mutter auf einen Wechsel des Studienfachs und wechselte zur Gewerbeaufsicht. Hermann, der älteste meiner Berliner Vettern, war damals schon Veterinärarzt. Ich kannte ihn nicht sehr gut. Schließlich machte ich die Tanzstunde mit.

Zwischenbemerkung (von Helmar)

In den zwei Fragmenten spiegelt sich die frühe Jugend vor dem 8. Januar 1930, jenem Tag, an dem sich Otto Erdmann das Leben nahm, wider. Es war eine Verzweiflungstat. Die Weltwirtschaftskrise hatte dem Hotelbetrieb in Fürstenwalde die Grundlage entzogen, denn die Gäste blieben infolge der hohen Arbeitslosigkeit in Fürstenwalde weg und die Bedienung der Bankschulden wurde zum Problem. Der Versuch in Bad Schönfließ neu anzufangen war überschattet vor den Folgen einer syphilitischen Erkrankung. Der Arzt Dr. Sommerfeld in Waldenburg sieht daher den Selbstmord als „Ausdruck noch unerkannter metasyphilitischer Veränderungen".

Dieser Tod veränderte die Lebensumstände vollständig. Fortan mußten alle Kräfte angespannt wurden, um die Folgen abzumildern. Zunächst wehrte sie sich gegen die Ausbildung als kaufmännischer Lehrling und setzte alle Hebel in Bewegung, um den weiteren Schulbesuch zu erzwingen. Die da-

---

[30] Trzcińsko Zdrój (<u>deutsch</u>: *Bad Schönfließ*) liegt etwa 15 km östlich von Chojna (Königsberg/Nm.) und etwa 20 km westlich von Mysliborz (Soldin)..

mals in der Nähe wohnenden Professoren Gerhard Bohne[31] und Fritz Reusch[32] wurden bemüht, um auf die Mutter Maria Erdmann einzuwirken. Ich weiß nicht, ob schließlich auch ein Stipendium bewilligt wurde. Fritz Reusch hat sie sicher auch mit dem 1929 gegründeten ‚Musikheim Frankfurt/Oder' bekannt gemacht[33], das von Georg Götsch geleitet wurde. Damit geriet sie auch unter den Einfluß der von der Jugendbewegung angestoßenen Musik.

Lebenslauf Edith Erdmann

Pirschen, Kreis Neumarkt, Schlesien   16. X. 44

Am 7. 4. 1915 wurde ich als Tochter des damaligen städtischen Musikdirektors Otto Erdmann in Reichenbach/Schlesien geboren. Meine Eltern zogen nach dem Kriege nach Fürstenwalde an der Spree und dort besuchte ich je drei Jahre die Volks- und Mittelschule und anschließend sechs Jahre die deutsche Oberschule in Aufbauform. Nach dem Tode meines Vaters im Jahre 1930 wohnten wir zwei Jahre in Frankfurt an der Oder, zogen aber 1932 nach Fürstenwalde zurück. Hier bestand ich 1933 die Reifeprüfung mit Auszeichnung. Bis Ostern 1934 war ich Schülerin der Reinhardswaldschule, einer Frauenschule bei Kassel, und im Anschluß daran genügte ich

---

[31] Biographisch-bibliographisches Kirchenlexikon Band XXVII (2007) Spalten 143-16: Gerhard Bohne, evangelischer Theologe und Religionspädagoge, * 2. April 1895 in Zeutsch (Sachsen-Altenburg), † 11. Juni 1977 in Heikendorf bei Kiel.

[32] Prof. Dr. Fritz Reusch, ehemals an der Hochschule für Lehrerbildung in Hirschberg, später in Heidelberg.

[33] Das Heim war angebunden an die Akademie für Kirchen- und Schulmusik Berlin und sollte durch die Form der Heimvolkshochschule eine intensive Zusammenarbeit im Sinne einer wirklichen Lebensgemeinschaft ermöglichen, da die Teilnehmer hier einige Wochen oder Monate zusammenlebten. Am 17. September 1928, wurde der Grundstein für das Musikheim Frankfurt (Oder) gelegt. Götsch wollte in diesem Haus eine Lebensstätte für Musik errichten.

von Mai bis Oktober 1934 meiner Arbeitsdienstpflicht in Krojanke in der Grenzmark[34].

Abb. 22 Konfirmation 1929

Nach einem Semester Studium der Germanistik in Berlin mußte ich aus wirtschaftlichen Gründen abbrechen und ging nach Hannover an die Hochschule für Lehrerinnenbildung, wo ich nach vier Semestern im März 1937 die erste Prüfung für das Lehramt an Volksschulen mit gut bestand. Dann war ich drei Jahre als Landjahrerzieherin tätig, zwei davon als Gruppenführerin in den Lagern Titz, Bez. Aachen, Winningen, Bezirk Koblenz, und Wipperfürth eingesetzt.

---

[34] Krajenka (deutsch *Krojanke*) ist eine polnische Stadt in der Woiwodschaft Großpolen im Powiat Złotowski mit etwa 3.500 Einwohnern.

Seit November 1939 war ich mit dem Lehrer Martin Härtel verheiratet: Ich ging nun zum Volksschuldienst über und unterrichtete bis Juli 1941 an der zweiklassigen Schule in Pirschen, Kreis Neumarkt. Dann wurde ich auf Wunsch entlassen und zog nach Frankenstein in Schlesien, wo mein Mann an der dortigen Heeresunteroffiziersvorschule unterrichtete. Im April 1942 kam er an die Ostfront. Er ist dort im Juli 1942 bei Staraja Russa gefallen. Im Mai 1942 wurde mein Sohn Helmar geboren. Seitdem wohnte ich wieder in Pirschen und habe mich dem Schuldienst zur Verfügung gestellt. Ich unterrichte seit Mai 1943 an der hiesigen Volksschule.

Abb. 23 Auf dem Motorrad

Zwischenbemerkung (von Helmar)

„Die Edith war immer schwierig "(Maria Erdmann). Sicher sehr sensibel, in der Jugend vielleicht etwas oberflächlich (Fräulein Erdmann, sie sind ein Windhund!), unter der Belastung aber sehr leistungsbereit, ehrgeizig, zielstrebig. In der Schule dann selbstbewußt, entschieden, wie es der sie sehr fördernde Lehrer Gabriel einmal feststellt[35].

Brief vom Februar 1945

als Spiegel der Situation vor dem Einmarsch der Russen in Friedland. (Absender: *Müller, Postleitzahl 8, Friedland, Bezirk Breslau, 8, Göhlenauer Kirchsteg 2a* – Adresse: *Frau Dr. Ruth Rabien, Postleitzahl 20, z. Zt. Rebberlah, Post Eschede bei Lüneburg*)

Friedland, 18. III. 45

Liebste Ruth, ich wähne Dich also in Rebberlah, nach hoffentlich gut und gesund überstandener Reise. Ich war sehr froh über Deine Nachricht vom Eintreffen der kleinen Wilma. Wie schwer mag Dir das Herz gewesen sein, als Du Hanne, krank in Potsdam, verlassen mußtest. Norgard schrieb ich bereits, daß auch Helmar und ich bereits auf dem Wege nach R. waren, aber in Görlitz nicht weiterkamen. Nun nehme ich an, daß wir gelegentlich auch abtransportiert werden und hof-

Abb. 24 Porträt

fentlich dann die Möglichkeit gegeben wird, in die Lüneburger Heide zu fahren.

Du wirst ermessen können, daß es mir nicht gut geht. Die Freude, die ich beim Erwarten Helmars fühlte, ist diesmal nicht eindeutig. Das liegt wohl an den Schwierigkeiten der inneren und äußeren Lage. Aber ich habe ein so gewisses Gefühl, daß wir uns bald sehen und sprechen werden, daß

---

[35] Friedrich Gabriel an Edith M. am 20. Mai 1959: Frl. Erdmann, mit Entschiedenheit: „Das ist lebenszerstörende Spekulation!" (Sie ist an einer Arbeit über Thomas Manns Zauberberg.)

es mir besser scheint, nicht viel zu schreiben. Dazu fehlt auch die innere Ruhe.

Gesund sind wir, Helmar, Erich und ich. Von meiner Mutter weiß ich seit 7. II. nichts und lebe in großer Sorge.

Hoffentlich sehen wir uns bald. Ich denke, der Russe wird uns nicht mehr viel Zeit lassen. Bleibt gesund und grüße mir die Kinder. Ich bemühe mich um Gleichgewicht, „der Mitte Gesetz."

Vielleicht habt ihr es gut dort. Die Musik darf uns nicht verlassen. Erich ist zwar eigentlich lieber Instrumentalist und dem Volkslied etwas fern, aber wir machen doch Versuche. Vor allem bearbeite ich ein altes Harmonium und denke mir den Pedalpart dazu. Das ist doch etwas.

Mit allen guten Wünschen bin ich immer
Deine Edith

Gertrud Härtel, geborene Hanke
Gertrud-Valeska Hanke aus Zieserwitz, verheiratet mit Hermann Härtel in Frankenberg, Kreis Militsch, erzählt:

Meine Großeltern hab ich nicht gekannt, ich war ¼ Jahr, als Großvater starb. Großmutter war schon länger tot. Meine Mutter erzählte, daß sie eine schöne Frau gewesen ist; sie stammte aus Maltsch an der Oder, eine Fleischerstochter, brachte 3000 Taler in die Ehe. Der Großvater *[Karl Herzog]* war sehr stolz, Sattlermeister und Landwirt. Wenn er nach Maltsch zu seiner Braut geritten ist, hat er erst vorm Spiegel gestanden und sein Gesicht betrachtet, wie es wohl am vorteilhaftesten aussah. Aus der Ehe stammten acht Kinder, vier Mädchen und vier Knaben. Onkel Heinrich war der älteste, dann Paul, Marie, Karl, Oswald, Agnes, Alwine und Mathilde. Heinrich sollte die Landwirtschaft übernehmen: Als er bei den Husaren diente, verunglückte er und wurde an der Bahn angestellt. Sonntags früh mußten sich alle im großen Zimmer einfinden, da las der Großvater die Predigt vor. Onkel Heinrich, der älteste, zog hinter seinem Rücken Grimassen und die anderen mußten lachen, da gab es was mit dem Kuntschuh; das war eine Rehrute mit Lederriemen; dann erst las er weiter. Großvater lebte mit seinem Nachbarn in Feindschaft, und mußten seine Kinder, wenn sie diesen Mann sahen, Schmittefilu rufen (*(Trick-)Betrüger oder Schlaukopf*). Er hieß nämlich Schmit. Onkel Karl wurde Lehrer. Er war so stolz wie sein Vater, wenn er zu Ferien war. Einmal hatte er wohl nicht Lust, aufs Klo zu gehen. Und der Blumentopf war nicht dicht. Nun war die Schadenfreude groß. Sie nannten ihn Stappels... . Meine Mutter [*Agnes*] mußte ihm immer den Koffer tragen. Der Herr Lehrer ging mit dem Stock nebenher. [*Tante*] Alwine führte ihm den Haushalt, später hat er eine sehr reiche Lehrerstochter - 80.000 Mark Vermögen - geheiratet. Wir bekamen im Sommer aus Spanien oder aus anderen Ländern Ansichtskarten. Aber ich glaube, er war in jungen Jahren kein treuer Ehemann. Wie viele Jahre seine Frau älter war, hab ich nicht erfahren. Die kostbaren Brillanten konnten ihr keine Schönheit bringen. Sie waren kinderlos. Onkel hat wohl sehr darunter gelitten. Mein Bruder Martin kam ins Zimmer, er hatte sie nicht gesehen. Er frug, wo die liebe Tante mit den Krötenaugen ist. Da war ja was los. Onkel Paul machte auch eine Geldheirat: 12000 Taler, aber die ärmste hatte keine Ahnung vom Kochen usw. Drei Tücher am Kopf. Er hatte eine schöne Landwirtschaft und wollte gern von uns Kindern eins nehmen, aber meine Eltern brauchten uns zur Arbeit. Unsere Wirtschaft war 120 Morgen [=*25 Hektar*] groß: Da gab es genug zu tun.

Onkel Oswald hat in Rügenwalde[36] eine Gerberei und Lederhandlung. Dem ging es gut. Seine Tochter wohnte in Hildesheim. Als ich bei euch war, hab ich sie besucht. Sie und ihr Mann sind tot. Der Sohn hat ein größeres Geschäft, der zweite ist in Ostberlin Tierarzt. Mutters älteste Schwester hatte auch eine größere Wirtschaft, und die anderen beiden waren in Breslau. Verheiratet war Alwine mit einem Witwer namens Fuhrmann. Als Waisenknabe kam er in die Lehre. Er lernte Zimmermann und hatte sich hochgearbeitet. Er war Werkmeister in der Waggonfabrik Gebrüder Hoffmann [*später Linke Hoffmann Busch*]. Im Winter fuhr er für die Fabrik Holz nach Rußland einkaufen. Dadurch verdiente er viel Geld. Weihnachten kamen ganze Kisten Wein, Rehe und Hasen. Ich weiß nur, daß er 100000 Mark Vermögen hatte. Das Geld hatte er in ausländische Papiere angelegt. Dadurch hatte er keinen Verlust durch die Inflation.

---

[36] Darłowo [darˈwɔvɔ], deutsch Rügenwalde, ist eine Stadt im Powiat Sławieński in der Woiwodschaft Westpommern in Polen. Sie liegt ca. 3,5 Kilometer südlich der Mündung der Wieprza (Wipper) in die Ostsee.

Seine beiden Töchter waren Lehrerinnen. Gertrud heiratete einen hohen Gerichtsbeamten und Else einen Pastor. Vor sechs Jahren war ich einige Wochen in Trier, wo Gertrud mit ihrem Mann wohnt. Er bekommt eine hohe Pension, aber beide sind krank. Sie sind trotz ihres Reichtums unglücklich. Gertrud hatte vor acht Jahren Schlaganfall, und ist die ganze rechte Seite gelähmt. Es geht ihr so schlecht mit ihren 70 Jahren, daß sie selbst nicht schreiben kann und ihr eine Frau, die alle Tage hinkommt, schreibt. Ihr Mann ist durch Kreislauf auch hinfällig. Als ich dort war, sagte ich: "Ihr habt alles aufs Eleganteste, aber ich möchte nicht mit euch tauschen." Karl sagte: "Hörst du, Gertrud, ja es ist doch ein Glück, wenn man niemandem zur Last fällt." Sie haben das ganze Jahr den Arzt und müssen alles selbst bezahlen, weil sie keine Kasse nimmt. Else ist in Nürnberg. Ihr Mann starb auch zeitig. Finanzielle [*bricht ab...*]

Zwischenbemerkung (von Helmar)

Oma Härtel war in ihrem Wesen sehr mitfühlsam, sie war „am Wasser gebaut", erzählte und lachte gern, nahm sich auch ohne weiteres auf den Arm. Ihre großen Verluste bestimmten ihr Leben nach der Vertreibung. Sie war „herzensgut", schlesisch gesprochen.

Hermann Härtel
Helmar erzählt:

Die Geschichte meines Großvaters väterlicherseits ist besonders schlecht dokumentiert. Nicht einmal Geburtstag und Todestag sind bekannt. Er lebte von 1884 bis November 1940. Er scheint in mancher Hinsicht interessant gewesen zu sein. Wie Onkel Georg, [*der Bruder meines Vaters Martin*], einmal während eines Telefonats zu Neujahr 1992 erzählte, hätte er alles in Bewegung gesetzt, um den Ort Schwibedawe in Frankenberg umzubenennen. Sein Vater sei aus kleinsten Verhältnissen gekommen, Ureinwohner von Borneo und Sumatra hätte man die Dorfbewohner genannt. Noch in Frankenberg wäre er Orts- und Amtsvorsteher geworden. Mit dem Lehrer Gnörich und dem Verwalter des Rittergutes bildete er die Prominenz des

Dorfes. Als er dann mit seiner Familie wegzog, sein Schwiegervater Hanke hatte ein Grundstück in Pirschen gekauft, nahm sich Gnörich das Leben. Es war einfach zu einsam für ihn geworden. Großvater Härtel war Anhänger der *Deutsche Volkspartei (DVP)*[37] und wohl auch eine Art regionaler Vorsitzender der Kleinbauernpartei, wie sein Schwiegervater mit Unmut feststellte, als er von entsprechenden Aktivitäten seines Schwiegersohnes in der Zeitung las.

Martin Härtel
Helmar erzählt:

Abb. 25 Martin Härtel festlich gekleidet

Von meinem Vater Martin Härtel gibt es fast keine schriftlichen Zeugnisse, keine Briefe, keine Berichte. Die Stationen seines Lebens müssen mosaikartig aus der Erinnerung von Äußerungen der Verwandten und Bekannten, die ihn noch erlebt haben, und einer Reihe amtlicher Dokumente zusammengestellt werden. Es ersteht das Bild eines Menschen, für den die warnende Aufforderung: *De mortuis nihil nisi bene,* überflüssig erscheint. Oder anders, alle, die sich über ihn geäußert haben, haben diese Aufforderung beachtet, allerdings hat es sie auch keine Mühe gekostet, er war wohl ein überaus sympathischer Mensch.

Er wurde am 27. Oktober 1914

---

[37] Deutsche Volkspartei (DVP), die nationalliberale Partei der Weimarer Republik.

im damaligen Schwibedawe, später Frankenberg[38], geboren. Sein Vater Hermann Härtel hatte, wie mir Georg, der Bruder meines Vaters, einmal erzählte, mit Erfolg diese Namensänderung erreicht. Es war damals üblich, Ortsnamen slawischen Ursprungs zu germanisieren. Seine Eltern kamen aus bäuerlichen Verhältnissen. Der Vater hatte sich durch Fleiß und Ausdauer zum Müllermeister hochgearbeitet und erwartete, daß seine Söhne einmal ebenfalls in Landwirtschaft oder Handwerk tätig werden würden. Mein Vater war jedoch von einem Drang nach Neuem, einem frühen Bildungshunger beherrscht und träumte von einer weiterführenden Schule. Als sein Vater eines Tages die Tageszeitung durchging, fiel sein Blick auf eine besonders gekennzeichnete Annonce, mit der die Schlabrendorff-Aufbauschule in Steinau an der Oder (heute Ścinawa) um neue Schüler warb, und auf die von Schülerhand darunter geschriebenen Worte: „Mein größter Wunsch!"

Abb. 26 Große Ferien 1932

Das hat den derartige Bildungsunternehmungen ablehnenden Müllermeister bewogen, den Sohn auf diese Schule zu schicken. Das dürfte im

---

[38] In einer Karte des Lindnerschen Ausstellungskataloges (Klaus Lindner, zwischen Oder und Riesengebirge, Weißenhorn/Bayern, Berlin, 1987, S. 70) von 1928 schon so verzeichnet.

Jahr 1928 gewesen, da es sich um eine Oberschule in Aufbauform handelte, die in sechs Jahren zum Abitur führte. Unterdessen war die Familie von Frankenberg nach Pirschen gezogen. Von der Schulzeit selbst ist nicht mehr viel bekannt. Zunächst hat sein zurückhaltendes Wesen ihn etwas arrogant erscheinen lassen. Als der Direktor dann aber sein liebenswürdiges Wesen näher kennenlernte, war er wohl gelegentlich sogar privat bei ihm eingeladen und lernte auch die Tochter des Hauses kennen. Einer seine Lehrer, der Biologe Dr. Erwin Irgang, der nach dem Kriege[39] in Wickersdorf [40] wieder als Studienrat tätig war, nennt ihn „einen unserer besten und wertvollsten Schüler"[41]. Ostern 1934 bestand er in Steinau das Abitur. Allerdings mußte die Hochschulreife gesondert zuerkannt worden, und das wurde ihm, wie es heißt, wegen ablehnender politischer Haltung gegenüber dem Nationalsozialismus zunächst verwehrt[42]. Für ein Jahr war er beim Landratsamt in Neumarkt beschäftigt, bis dann doch noch die Zulassung zum Studium erfolgte. Er studierte von 1935 bis 1937 in Hirschberg an der dortigen Hochschule für Lehrerbildung, dürfte etwa Professor Reusch als Lehrer gehabt haben.

Nach der ersten Lehrerprüfung ging er in den Schuldienst. Er tat dann wohl ab August 1937 zuerst Dienst in Lanken, Kreis Guhrau[43], war in Langwaltersdorf, vom 14. 11. 1938 bis 31. 3. 1939 zur Ableistung des Wehrdienstes bei der Wehrmacht, dann wohl Gottesberg an der dortigen Schule unter dem Rektor Kricke. Die zweite Staatsprüfung erfolgte im November 1939, er wechselte zum 1. April 1941 als Oberfachschullehrer zur Wehrmacht über und wurde postum am 2. 12. 1944 mit Wirkung vom 1. 7. 1942 zum Heereskonrektor ernannt. Das hatte sicher versorgungsrechtliche

---

[39] Nach dem Kriege erkundigten sich auch andere Freunde nach dem Wohlergehen seiner Hinterbliebenen, ein Freund namens Koch.

[40] Die Freie Schulgemeinde Wickersdorf im Thüringer Wald war eines der wichtigsten reformpädagogischen Schulprojekte in Deutschland. Im Herbst 1906 von einer Gruppe „Pädagogischer Rebellen" um Paul Geheeb, August Halm, Martin Luserke und Gustav Wyneken gegründet, bestand die Internatsschule bis 1991.

[41] Karte an Edith Müller vom 23. 12. 1947.

[42] Vgl. eidesstattliche Erklärung von Eberhard Gnörich vom 11.10.1960, Notiz von Gerh. Erich Müller.

[43] BA (ehem. BDC) NSLB-Nr. 355296.

Gründe, wie überhaupt die dürren Daten zu seinem Leben präzise nur aus Bescheiden der Pensionsabteilung des niedersächsischen Landesversorgungsamtes erhoben werden können[44]. Es sind Bescheide zu einer Waisenpension, die mir zugutekam und mir ein sorgenfreies Studium ermöglichte. So hat er gleichsam auch nach seinem Tod für mich gesorgt, und in meinem dankbaren Bewußtsein war er so als Vater weiterhin präsent, im Leben „wäre er sicher nicht nur … ein guter Vater, sondern auch der beste Kamerad gewesen," wie es in einem Brief seiner Langwaltersdorfer Schülerin Rosel Berger heißt, aus dem nachher noch ausgiebig zitiert wird. Ein besonders liebevolles Verhältnis bestand zu seiner Mutter und seiner Cousine Magdalene Nixdorf. Diese Liebe haben sie dann mir später angedeihen lassen, und mir so mit ihrer Gegenwart ein zweites Zuhause geschaffen.

Abb. 27 In der Natur

Die Ehe mit meiner Mutter dauerte nur gut zweieinhalb Jahre, und nur weniges ist davon bis auf den heutigen Tag überliefert. Kennengelernt hat-

---

[44] Vgl. Verfügung vom 14. 2. 1961. Az.: Vc(1) – H 7575 Ha

ten sie sich beim Landdienst der Studentenschaft im August/September 1935 in Oberschlesien[45], und zwar in Groß-Borek[46] direkt an der deutsch-polnischen Grenze, wo offenbar Studenten von den Pädagogischen Akademien in Hirschberg und in Hannover zusammenkamen, darunter eben auch Edith Erdmann, Wilma Echte aus Hannover und Martin Härtel aus Hirschberg. Es gibt noch Bilder, die dieses Ereignis dokumentieren, vor allem auch einen Ausflug zur Burgruine Tost.

Abb. 28 Die Jungvermählten mit ihren Müttern

Die Liebe muß sehr groß gewesen sein, und seine Sehnsucht nach ihr brachte ihn etwa dazu, mit dem Fahrrad die Entfernung von über 160 km von Hirschberg nach Dresden zurückzulegen, um sie dort kurz zu treffen.

---

[45] Landkreis Rosenberg in Oberschlesien.

[46] Es gibt noch Bilder vom dem Ort Groß-Borek, später Brückenort genannt.

Denn er wußte, daß sie im Zuge einer größeren Reise (nach Ungarn?) in Dresden umsteigen mußte und wohl auch eine kurze Zeit auf den Anschlußzug warten. Als sie aus dem Zug stieg, überraschte er sie mit seiner Gegenwart. Als er später seinen Eltern von ihr erzählte, und vor allem der noch ganz in den alten Vorstellungen von einer guten Partie verhaftete Vater sich dem entgegenstellen wollte, bedeutete er ihm, daß er seine Wahl nun einmal getroffen habe und sich davon nicht abbringen lasse wolle. Eher würde er mit seinen Eltern brechen. Das hat den Vater dann einlenken lassen. Und später war der alte Härtel auch ganz stolz auf die neue Schwiegertochter, nahm sie gern mit auf den Gang durch die Felder, erzählte von seiner landschaftlich viel reizvolleren Heimat mit ihren Teichen um Militsch, die der fruchtbaren, aber recht flachen Gegend um Pirschen wenig entgegenzusetzen hatte, von der man aber bei klaren Wetter das ferne Riesengebirge sehen konnte (Pirschen – Krummhübel = 92 km). Gern erinnerte sie sich daran, daß sie oft gemeinsam auf Schallplatten Opernmusik hörten und daß er sein Verhältnis zu ihr neckend mit der ersten Zeile des Gedichts von Friedrich Rückert beschrieb: „Es ging ein Mann im Syrerland, /Führt ein Kamel am Halfterband …" Fürsorglich kümmerte sie sich um seine Verdauung und verordnete ihm Sauerkrautkuren. Und streng war sie, wenn er nicht pünktlich abends zu Hause erschien. So hat Lenchen erzählt, daß er einmal klagte, daß sie ihn nachts nicht einließ, als er zu spät kam, und er auf der Treppe kampieren mußte.

Untröstlich war sie dann über seinen Tod, der sie so entsetzte, daß ich als sieben Wochen altes Baby zu schreien begann. Ihre Erschütterung zeigte sich darin, daß ihre Haare grau wurden und sie nur noch schwarze Kleidung trug, wie es Bilder aus jener Zeit zeigen. Und lange hatte sie noch eine schicke Ledertasche, die sie extra schwarz hat färben lassen und die sie noch in Mattierzoll hatte. 1949, als sie mich an meinem ersten Schultag nach Winnigstedt begleitete, hat sie diesen gemeinsamen Gang dazu genutzt, um mir zu erzählen, daß ich einen leiblichen Vater hatte, der aber im Kriege gefallen sei. Das wäre der Grund, weswegen ich einen anderen Namen hätte. Die Erinnerung an ihn überwältigte sie, und sie brach in Tränen aus. Sie überraschte mich und brachte mich dazu, sie zu trösten. Später fragte ich einmal die Erdmannoma, wem meine Mutter den Vorzug geben würde, wenn Vater Martin wieder auftauchen würde, und sie meinte, daß es Martin sein würde[47].

---

[47] Vater Erich hat wohl seine Rolle so verstanden, daß er Vater Martin weitgehend ersetzt hat. Entsprechend wurde Martin sehr selten erwähnt. Die Lektüre von Dorothee Sölle, Stell-

Reglinde berichtete mir einmal, wie Mutti ihr in den letzten Jahren vertrauensvoll gestand, daß die schönste Zeit ihres Lebens die ersten Ehejahre mit Martin Härtel waren. Er unterrichtete damals an der Heeresfachschule in Frankenstein und sie führte den Haushalt. Beide konnten sich von den Kriegseinwirkungen ungestört ihres gemeinsamen Lebens erfreuen. Und Reglinde teilte auch mit, daß meiner Mutter ein Spaziergang über eine blühende Wiese Hand in Hand mit Martin unvergeßlich war. Wir trafen sie einmal am Abend an, wie sie im Sessel sitzend durch das blumengeschmückte Fenster zum Wald hin schauend den Sonnenuntergang hinter den Bäumen beobachtete und dazu einer Schallplatte lauschte, aus der Musik ertönte, die sie einst mit Martin gehört hatte. Das war wie eine kleine Feierstunde, in der sie sich in jene glückliche Zeit zurückträumte. Sie hatte Tränen in den Augen.

Jene glückliche Zeit hatte wohl am Montag, dem 13. April 1942 geendet. Martin hatte offenbar für die kommende Woche den Befehl bekommen, sich bei seiner Einheit einzufinden mit der vermutlichen Information, daß der Einsatz an der Ostfront, also in Rußland erfolgen würde. Er hat daraufhin sein Testament gemacht, abgefaßt „Frankenstein, am 12. April 1942", einem Sonntag. Tags darauf, also am Montag, den 13. April haben Edith und Martin sich in der Fotowerkstatt von Margarete Bodl'ee in Breslau fotografieren lassen und damit versucht, mit Bildern von sich die Erinnerung an das gemeinsame Leben zu bewahren, dessen Fortsetzung nun gefährdet war und für immer verloren zu gehen drohte. Reglinde hatte sie erzählt, wie sie ihn zum letztenmal sah, als er nach dem Fotografieren die Straße hinabging, ein Bild, das sich sicher mit der Zeit noch stärker in ihr Gedächtnis einprägen würde.

In manchem glaube ich mich in ihm wiederzuerkennen. Wenn etwa Cousine Lenchen beklagte, daß er wenig Wert auf Bügelfalten in den Hosen legte. Meine Großmutter erzählte, daß sie einmal ihm und Onkel Georg neue Anzüge gekauft hatte, die aber im Dorf etwas auffällig waren, weil sie nicht der üblichen Kleidung der Dorfjugend entsprachen. Man lief Gefahr

---

vertretung, 6. Auflage Stuttgart 1970, hat mir die Rolle meines Stiefvaters präzisiert. Vgl. Sölle, S. 23. Demnach ist er nicht der Ersatz für den verstorbenen Vater; sondern sein Stellvertreter. Er ist nicht Ersatzmann, auch wenn der, den er vertritt, nicht mehr wiederkommt. Auch ein Vormund ersetzt nicht den Vater, sondern er vertritt ihn. Er weiß daß er „etwas Notwendiges tut und das jetzt Beste, aber nicht das Vollständige, Richtige und Wahre." ... Er rückt nicht das Bild vom leiblichen Vater aus dem Bewußtsein fort, damit handelt er gegen dessen Vergessen.

gehänselt zu werden. Das hat meinen Vater nicht gestört im Gegensatz zu Georg, der es ablehnte, den neuen Anzug anzuziehen. Einmal hatte der Vater ihn, als er gerade zu Ferien nach Hause gekommen war, sogleich gebeten, auf der Mühle zu helfen. Er freute sich über die körperliche Arbeit, was seine Mutter erstaunte, die ihn vor dieser Arbeit eigentlich verschonen wollte. Für Lenchen, sie war ja Vollwaise, hat er sich immer eingesetzt, was sie auch später noch gern erinnerte.

Abb.29 Martin Härtel in seiner Zeit als Lehrer

Er war nicht lange Lehrer, dennoch ist manches überliefert. So jene Geschichte wohl aus seinem ersten Dienstort in Lanken, Kreis Guhrau, also nahe der polnischen Grenze. Er benutzte beim Unterricht in der deutschen Sprache offenbar großformatige Bilder von Gegenständen des alltäglichen Lebens, um ihre deutsche Bezeichnung einzuüben. Dabei zeigte er mit einem Stock auf diese und erfragte von den Kindern die deutsche Bezeichnung: „Was ist das?" Einige Zeit nach diesen Übungen meldete sich ein Schüler und teilte mit: „'Was ist das' ist umgefallen." Auch haben Schülerinnen und Kollegen später seiner vor allem im Waldenburger Heimatboten gern gedacht[48], sein Orgel- und Flötenspiel machte großen Eindruck[49]. Die schöne Landschaft im Waldenburger Bergland hatte es ihm offenbar ange-

---

[48] "Helmut Nitzsche: Die Langwaltersdorfer Lehrer, in: Waldenburger Heimatbote Heft Nr. 229 (Juni 1964): Lehrer Hertel … Als er Langwaltersdorf verließ, gab es bei den Abschiedsfeiern viel Tränen, denn er war bei den Schülern sehr beliebt …"

[49] Rosel Berger: 220. Kirchweihfest in Langwaltersdorf, in: Waldenburger Heimatbote Heft Nr. 260 (Januar 1962): „.. unser Lehrer Herr Härtel, der so meisterhaft die Orgel zu spielen verstand. Mein Vater sagte damals, er ginge eine halbe Stunde früher in die Kirche, um dem Orgelspiel lauschen zu können." Helmut Nitzsche: Die Langwaltersdorfer Lehrer, in: Waldenburger Heimatbote Heft Nr. 229 (Juni 1964): Lehrer Hertel … konnte gut Flöte

tan, und er träumte, wie ich von meiner Mutter weiß, von einem Häuschen im Gebirge. Nur der Traum vom Schifahren in den damals weitgehend unberührten Schneelandschaften wurde für ihn im Riesengebirge Wirklichkeit[50]. Sein Freund Hans Fleischer erinnerte daran im Waldenburger Heimatboten: „Aber auch allein oder mit dem besten Freund aus dieser Zeit [*scil. Martin Härtel*], den heute schon Rußlands Erde deckt, durchstreifte ich diese Schneewelt. Außer der Gegend um die Andreasbaude fanden wir tiefe Einsamkeit und wir konnten unsere Spuren durch die heilige Unversehrtheit des Schnees ziehen. Einmal lockte uns auch eine Vollmondnacht hinauf. Die Welt schien Silber zu sein. die Unebenheit des Geländes schienen aufgelöst, man fühlte sie nur beim Hinunterfahren – ein unbeschreibliches Erleben! Und noch heute trage ich die Sehnsucht nach der silbernen Mondnacht in mir ..." Vergessen werden sollte auch jene Erzählung nicht werden, daß er im Winter in einer der Schneegruben die Felswand einfach hinuntergerutscht sei. Sicher ein eher tollkühnes Unternehmen. Auf einem Bild steht er jedoch ganz zivilisiert als Skifahrer vor der Felswand der Schneegrube.

Das Volksschullehrerdasein empfand er nicht als Endstation, er wollte noch weiter, und da hat ihn wohl die Möglichkeit gereizt, in einer Heeresfachschule der Wehrmacht Lehrer zu werden. So kam er nach Reichenbach. Aber, wie sein Bruder Georg einmal erzählte, hat ihn sein Freund Hans-W. Fleischer dazu bewogen, sich dem aktiven Kriegsdienst zur Verfügung zu stellen. Ein im Nachhinein verhängnisvoller Entschluß, denn es ging dann im Frühjahr nach Rußland und am Ilmensee ist er am 24. 7. 1942 gefallen. Ob er ohne diesen vielleicht den Krieg überlebt hätte[51]?

Im schon erwähnten Testament traf er Verfügungen für den „Fall, daß ihm etwas zustoßen sollte"[52].

---

spielen. Rosel Berger: Lehrer Porrmann†, In: Waldenburger Heimatbote Heft Nr. 230 (De-zember 1964). - buergerbuero@overath.de

[50] Vgl. Hans-W. Fleischer: Auf heimatlichen Wegen ... Langwaltersdorf u.a. .., in: Waldenburger Heimatbote Heft Nr. 31 (Januar 1952).

[51] Die damalige Kriegsbegeisterung hat auch Vater Erich dazu gebracht, seinen Bruder Reinhard dringend aufzufordern, sich der Truppe anzuschließen: „Laß alles stehen und liegen und komm!"

[52] Rektor Kricke Gottesberg Darlehen, Erbteil, beim Tode seines Vaters zugesichert, Anrecht auf einen angesparten Volkswagen.

Am lebendigsten wird der Lehrer Martin Härtel in den Worten seiner Schülerin Rosel Berger aus Langwaltersdorf, aus dem ausgiebig zitiert sei[53]: „Dann kam Ihr Vater. Alles war mit einem Mal anders. Schlank, eigentlich immer ein wenig blaß, aber immer freundlich, so stand er vor uns. Nein, er stand nicht vor uns, sondern er setzte sich oft sogar auf die vorderste Bank, das heißt auf den Tisch der vordersten Bank. Er war einfach unter uns, nicht weit weg hinter dem Pult. Er war nicht das, was wir bis jetzt von Lehrern kannten, sondern er war viel eher wie ein Kamerad, den wir achteten, vor dem wir Respekt hatten und den wir auch gern hatten. Er brauchte keinen Rohrstock. Ich kann mich überhaupt nicht erinnern, daß er jemals geschimpft hätte. Er konnte so von Herzen lachen. Hiervon möchte ich ... eine kleine Begebenheit erzählen:

Wir hatten keinen abgeschlossenen Schulhof. Unsere Schule stand direkt an der Straße, ca. 30 Meter weiter ebenfalls direkt an der Straße stand das Pfarrhaus. Dieser Zwischenraum war unser Schulhof. Nach der einen Seite grenzte er also direkt an die Straße, nach hinten bildeten die Stufen zur Kirche den Abschluß. Wenn wir Völkerball während der großen Pause spielten, dann standen der Herr Lehrer Fleischer und Ihr Herr Vater an der Straßenseite und schossen den Ball zurück, wenn er in ihre Richtung flog. Auch das gab es vorher nicht. Außerdem verlockte dieser „offene" Schulhof natürlich zum Versteckspielen. Da waren die kleine Mauer vor dem Pfarrgarten, der kleine eingezäunte Schulgarten, der Weg zur Krickwiese und die Kirche. Wir waren also eifrig beim Verstecken und Suchen. Das „Suchkind" zählte am Schulhaus. Unser „Schulhof" war neu mit Split aufgefüllt worden. Alle Kinder waren schon aus dem Versteck, nur meine Freundin Friedel noch nicht. Herr Härtel klatschte in die Hände, das Zeichen, daß die Pause zu Ende war, denn eine Schelle besaß ja eine so kleine Dorfschule nicht. Friedel kam nun mit vollem Tempo aus dem Versteck heraus und wollte sich an der Schulwand freischlagen. Sie hatte sich aber in der Entfernung verkalkuliert, bremste ihren schnellen Lauf und rutschte dadurch ca. 2 Meter auf dem Split entlang. Sie schlug sich an der Mauer „frei" und als sie von da zu uns in die Reihe kommen wollte, da merkte sie erst, daß sie bei ihrem Rutsch beide Absätze verloren hatte. Es sah so komisch aus, als sie da von der Mauer weghumpelte, daß Ihr Vater so von Herzen lachen mußte und uns alle ansteckte, so daß der ganze Schulhof ein einziges Lachen war.

---

[53] Brief Untereschbach vom 21.1.1965.

Wenn ich mit meinen Freundinnen nach all den Jahren wieder einmal von Ihrem Vater sprach, dann sagte aber eine von uns bestimmt: „Weißt du noch, wie der Lehrer Härtel gelacht hat, als die Friedel die Absätze verlor?" Ich wünschte, ich könnte Ihnen dieses frohe Lachen näher beschreiben, aber mir fehlen die rechten Worte. Ich habe nie wieder einen Menschen so lachen sehen.

Ihr Vater muß auch die Musik sehr geliebt haben. Er spielte meisterhaft die Orgel, …, aber wie er sie spielte!! Ich kenne die Fachausdrücke hierfür nicht, will aber doch versuchen, es zu erklären. Ein Klavier hat doch zwei Fußpedale, eine Orgel hat dies zwar nicht, aber Leisten, die beim genauen Hinschauen fast wie eine Klaviatur aussehen[54]. Ihr Vater spielte mit den Füßen auf diesen Leisten, er spielte also mit Händen und Füßen die Orgel. Nicht etwa, daß er mit dem Fuß einen Akkord „griff", nein, er spielte ganze Stücke mit den Füßen und mit den Händen begleitete er nur. Ich gehörte damals dem Kirchenchor an, wir „Chorkinder" waren jeden Sonntag bei der Orgel, das war unser Platz in der Kirche, außer wenn der große Kirchenchor sang. Ich nehme an, daß es Stücke von Bach waren, die er spielte, ich weiß es aber nicht. Er war schon immer lange vor Beginn des Gottesdienstes da und spielte Orgel. Mein Vater liebte auch die Musik, er spielte selbst Geige, er ging dann immer schon sehr früh in die Kirche, um dem herrlichen Orgelspiel Ihres Vaters lauschen zu können. Die Klangschönheit unserer Orgel ist nie wieder so zur Geltung gekommen als zu der Zeit, wo Ihr Vater spielte. In der Schule spielte er auf einer großen Flöte. Aber das genügte ihm noch nicht, er brachte auch uns das Flötespielen bei. Kindern, die Lust dazu hatten, besorgte er eine Blockflöte mit der nötigen Fibel dazu. Er opferte seine freien Nachmittage und gab uns da in der Schule Unterricht, kostenlos. Lehrer Porrmann übernahm dann später diesen, von Ihrem Vater aufgestellten Blockflötenchor. Hierzu muß man noch bemerken, daß Ihr Vater ja gar nicht so viele freie Nachmittage hatte, denn wir hatten damals Schichtunterricht, die „Kleinen" gingen damals nachmittags zur Schule. Wir Kinder waren jedenfalls begeistert. Noch heute hole ich in der Advents- und Weihnachtszeit meine Blockflöte hervor und singe und spiele mit meinen beiden Kindern. Es ist zwar nicht mehr meine Flöte von zu Haus, aber ich habe immer meine Freude daran. Ich schäme mich nicht, Ihnen zu schreiben, daß mir die Tränen kamen, als ich hier zum ersten Mal wieder Flöte spielte. Es

---

[54] Mit Pedal (v. lat. *pes* „Fuß") bezeichnet man bei der Orgel eine Klaviatur, die mit den Füßen gespielt wird, im Gegensatz zu den Manualen, die man mit den Händen spielt.

war zu viel geschehen, seit jenen fröhlichen Flötenstunden bei Ihrem lieben Vater.

Ach, da fällt mir noch etwas ein. So mancher Musiker spielt die Tonleiter, wenn er sich mit einem Instrument einspielen will. Ihr Vater aber spielte immer den Anfang des Liedes „Was nützen mir 1000 Dukaten, wenn ich sie nicht besitz?"[55] auf seiner Flöte. Ich habe das Lied seitdem nicht wieder gehört, finde es auch in keinem Liederbuch.

Ich kann mich noch gut erinnern, als die Nachricht durch das Dorf ging „Der Lehrer Härtel ist gefallen." Wir konnten es gar nicht fassen. Einst hatten wir bei ihm das Gedicht gelernt „Wer weiß wo"[56]. Das Gedicht …schildert die Schlacht bei Kolin[57], da heißt es u. a.

Ein Junker auch, ein Knabe noch, /Der heut das erste Pulver roch, /Er musste dahin. /Wie hoch er auch die Fahne schwang, /Der Tod in seinen Arm ihn zwang, /Er musste dahin.

Ihm nahe lag ein frommes Buch, /Das stets der Junker bei sich trug, /Am Degenknauf. /Ein Grenadier von Bevern fand /Den kleinen erdbeschmutzten Band /Und hob ihn auf.

Und brachte heim mit schnellem Fuß /Dem Vater diesen letzten Gruß, /Der klang nicht froh ./Dann schrieb hinein die Zitterhand: /"Kolin. Mein Sohn verscharrt im Sand. /Wer weiß wo."

Und der gesungen dieses Lied, /Und der es liest, im Leben zieht /Noch frisch und froh. /Doch einst bin ich, und bist auch du /Verscharrt im Sand, zur ewigen Ruh, /Wer weiß wo.

An dieses Gedicht mußte ich denken, denn auch ‚unser Lehrer Härtel' war ja viel zu jung gewesen zum Sterben. Er hatte mir, wie es damals üblich war, ein paar Zeilen in mein Poesie-Album geschrieben, darunter schrieb

---

[55] Text und Musik: anonym aus Schlesien, nach Hoffmann von Fallersleben und Ernst Richter in: Die weiße Trommel (1934)

[56] Detlev von Liliencron, Wer weiß wo (Schlacht bei Kolin, 18. Juni 1757).

[57] Stadt in Böhmen (heute Tschechische Republik). Im Siebenjährigen Krieg besiegten dort am 18. 6. 1757 die Österreicher die Preußen.

ich damals „ … doch einst bin ich und bist auch du verscharrt im Sand zur ewgen Ruh, wer weiß wo." Ach wie oft habe ich an diese Worte denken müssen. Meinen Vater haben wir 1946 noch in Langwaltersdorf beerdigt, meine Mutter 1962 hier. Als wir Kinder jenes Gedicht lernten, ahnte doch keiner, daß dieses „Wer weiß wo" einmal so über uns allen stehen würde".

Und in der Tat beschreibt Detlev von Liliencron in seinem Gedicht gleichsam die letzte Ruhestätte meines Vaters. Es gab ein Bild von seinem Grab unmittelbar nach seinem Tod: ein Birkenkreuz mit Stahlhelm über der vom Rasensoden umfriedeten Grabfläche.

Heute hat jedoch der Volksbund für Kriegsgräberfürsorge auf dem vermuteten Friedhof in Rußland keine eindeutigen Reste mehr gefunden, vor allem gab es keine Erkennungsmarke mehr. So bleibt es auch für meinen Vater beim Liliencronschen „verscharrt im Sand, zur ewigen Ruh, wer weiß wo."

Ein ausführliches Kondolenzschreiben des Hauptfeldwebels Heinz Lorenz an meine Mutter schildert, wie mein Vater von einer feindlichen Kugel getroffen worden ist. Es heißt dort: „Wir verloren in Ihrem Ehemann einen selten guten Kameraden und können es heute noch nicht fassen, daß er durch ein grausames Schicksal aus unseren Reihen gerissen wurde. Wir alle werden unserem Kameraden Martin ein dauerndes Andenken bewahren. Trösten Sie sich in dem Gedanken, daß Ihr Ehemann sein junges Leben für unser Vaterland geopfert hat, er hat sein Soldatenleben durch die Hingabe seines Lebens gekrönt. – Sein sehnlichster Wunsch, seinen Jungen einmal sehen zu können, ist nicht mehr in Erfüllung gegangen.

Abb. 30 Martin Härtel als Soldat

Am 24. 7. 42 erhielt die Kompanie den Auftrag, um 3.00 Uhr morgens gegen unsere vom Feinde am Vortage vorübergehend besetzte Verteidigungsstellung zum Angriff anzutreten und diese wieder zu besetzen. Ihr

Ehemann als Zugführer erreichte zuerst den feindlichen Graben. Dort angelangt, erhielt er den Befehl zu verhalten, da die Verbindung zum rechten Flügel abgerissen war. Beim Ausheben der noch vom Feinde besetzten Bunker, wovon er schon mehrere in schneidigem Draufgängertum genommen hatte, erhielt Ihr Ehemann von links plötzlich einen Kopfschuß, der ihn vollkommen überraschend und schmerzlos tötete.

Ihr Ehemann wurde in Utschny zur letzten Ruhe bestattet. Von der Grabstätte habe ich eine Aufnahme gemacht, davon erhalten Sie einige Abzüge. Ich grüße Sie in herzlicher Anteilnahme. Ihr Heinz Lorenz."

Durch Krieg, Flucht und Vertreibung aus Schlesien sind nur wenige Erinnerungsstücke an ihn erhalten geblieben. Seine Uhr ist bewahrt worden, weil sie später von Vater Erich getragen worden ist. Eine Karte von ihm an seine Mutter und eine weitere Ansichtskarte sind von ihm geschrieben worden. Es sind Autographen, die ein lebendiges, persönliches Verhältnis zu ihm herstellen.

Das Leben ging weiter. Der Kollege und Freund Erich Müller aus Friedland hat meine Mutter Ende 1944 geheiratet und mir damit für viele Jahre väterlichen Beistand für mein junges Leben gegeben. Aber das ist eine eigene Geschichte, die in der folgenden Biographie zu Erich Müller gelegentlich anklingt.

Im Blick zurück bleiben Fragen, die heute nicht mehr zu beantworten sind. Warum bekam er nach dem Abitur nicht die sogenannte Hochschulreife? (Männer mußten neben schulischen Leistungen zum Teil auch noch charakterlich oder politisch überzeugen). Nach einer Notiz von Vater Erich sei es eine Gegnerschaft zum Nationalsozialismus gewesen. Aber warum trat er dann 1937 der NSDAP bei wie allerdings fast alle Lehrer in der Familie? Warum drängte er 1942 zur Truppe? Er hatte doch in der Heeresfachschule eine vergleichsweise vom Kriegsgeschehen ferne und damit ungefährliche Position. Bei der Entscheidung für die aktive Rolle waren ihm die Gefahr und das Risiko ja bewußt (vgl. die Abfassung seines Testaments am 12. April 1942 und die Formulierung „Für den Fall, daß mir irgendetwas passieren sollte, daß ich aus dem Kriege nicht mehr nach Hause komme …") und der Friedenswille wird am 16. Mai 1941 im Gruß an seine Mutter angesprochen, wenn es heißt: „möchte das kommende Jahr das Friedensjahr werden." War also die Einflußnahme von Freunden wie etwa die des Lehrers Fleischer so stark? Sein Bruder Georg war davon überzeugt.

Ich bin meinem Vater nie persönlich begegnet und kenne ihn nur aus Erzählungen und Dokumenten. Deshalb konnte ich ihn gar nicht vermissen.

Ich lebte in einer intakten Familie mit Vater, Mutter und drei Geschwistern. Doch die Waisenrente ermöglichte mir nach dem Abitur ein von finanziellen Sorgen unbeschwertes Studentenleben und die Unabhängigkeit von zu Hause. Meine Großmutter Härtel, meines Vaters Cousine Tante Lenchen und sein Bruder Onkel Georg waren eine eigene Verwandtschaft, die mir zusätzliche Sicherheit, fröhliche Ferien und wunderbare Urlaubsreisen bescherten. Etwa im Jahre 1952 war ich an der geographischen Lage seines Grabes interessiert und habe in einem Atlas den Ilmensee und Staraja Russa aufgesucht. Seines Todestages am 24. Juli wurde immer bei der Oma in Hoyel gedacht und in meinem Enßlinkalender an 24. 7. eingetragen: „Vati gestorben in Wassiljewschtschina am Ilmensee in der Nähe von Staraja Russa." Auf der Tafel der Gefallenen auf dem Ehrenmal in Westerlinde ist sein Name verzeichnet. Vater Erich hatte 1952 (siehe Abb. 55) für die Neugestaltung des Ehrenmals in Westerlinde gesorgt.

Im Alter blickt man stärker zurück, und deshalb habe ich versucht, alle Erinnerungen zusammenzufassen und aus diesem Mosaik zumindest einen Abglanz seines Lebens zu gewinnen.

Magdalene Nixdorf, geborene Opitz
Ihre Erzählung:

Am 10. Dezember 1909 wurde ich dem Gutsbesitzer Konrad Opitz und seiner Ehefrau Elfriede, geborene Hanke, in Keulendorf, Kreis Neumarkt, geboren. Meine Mutter war am 14. 1. 1886 geboren und gestorben am 8. 11. 1911 und am 11. 11. beerdigt. Der Vater stammte aus einer Wirtschaft, zu der eine Gastwirtschaft und ein Bauernhof in Mönchow gehörten. Ihm wurde in Keulendorf ein Hof gekauft. Sein Bruder Kurt erbte das Besitztum in Mönchow, Kreis Striegau. Geheiratet hatten die Eltern 1909. Die Schwester Elfriede kam nach Obsendorf und heiratete in einen großen Bauernhof ein. Meine Mutter stammte aus Zieserwitz, Kreis Neumarkt in Schlesien. Ihre Eltern waren Hermann Hanke, geboren am 20. 6. 1858 in Käntchen, Kreis Schweidnitz, gestorben am 21. 3. 1925 in Zieserwitz und Agnes Hanke, geborene Herzog, geboren am 4. 2. 1861 in Zieserwitz, gestorben 1946

Abb. 31 Magdalene Nixdorf

in Zittau. Die Geschwister meiner Mutter waren Karl, später Rektor in Berlin, Oswald, der eine Gerberei in Rügenwalde hatte, Paul mit einem Gut in Breitenau, Heinrich, Mathilde, verheiratete Vogt. Letztere starb am 12. 3. 1953 in Döhren, Kreis Melle. Die letzte war Alwine, verheiratet mit Fritz, einem Holzhändler.

Hermann und Agnes Hanke besaßen ein Gut von 200 Morgen. Sie legten für Elfriede das Erbe in dem Hof von Keulendorf an. Dieser wurde nach dem Tod von Elfriede verkauft, das Geld ging im ersten Weltkrieg verloren. Konrad Opitz hatte übrigens den Hof vorzeitig verkauft, weil er nicht wirtschaften konnte. Er zog nach Liegnitz und nahm die jüngere Tochter Margarete mit. Sie war im März 1911 geboren worden, wurde nur drei Jahre alt, angeblich sei sie aus der Wiege gefallen. Von meinem Vater hat man später nichts mehr erfahren. Er hatte meine Mutter sehr schlecht behandelt und nach der Geburt der Schwester Margarete wohl so verletzt (Sturz von einer Treppe heißt es), dass sie an den Folgen gestorben ist. Nach ihrem Tode kam ich zu meinen Großeltern in Zieserwitz.

Abb. 32 Agnes Herzog
Mutter von Gertrud Härtel

Abb. 33 Pirschen 1930

1916 kam ich zur Schule. Obwohl der Großvater den Wunsch hatte, mir eine richtige Berufsausbildung zukommen zu lassen, starb er, nachdem ich die Abschlussklasse der Schule erreicht hatte. 1924 kam ich aus der Schule und arbeitete auf dem Hof der Großeltern, der unterdessen vom Onkel Martin bewirtschaftet wurde, Mit 18 Jahren kam ich nach Breslau und lernte im Goldenen Zepter, im historischen Gasthaus an der Schmiedebrücke (zwischen Universität und Ring) - Das Wirts-

Abb. 34 Der Führerschein ruft

haus zum goldenen Zepter zur Erinnerung an die Erhebung im Jahre 1813 von der Stadt Breslau erworben -. Nach einem halben Jahr kam ich wieder nach Zieserwitz und nach einem weiteren halben Jahr nach Breslau in einen Haushalt.

Danach war ich bei Härtels im Geschäft und machte den Führerschein in Neumarkt wohl um 1927/1928. 400 Reichsmark kostete der Führerschein. Ich war die einzige Frau weit und breit, die den Führerschein besaß. Bis 1936 blieb ich bei Härtels, am 2. Mai 1936 heiratete ich in der Elisabethkirche Otto Nixdorf, im Zepter fand die Hochzeitsfeier statt. (Die Elisabethkirche ist ein backsteingotischer Kirchenbau in der Breslauer Altstadt und zählt zu den ältesten Kirchen der Stadt. Von 1525 bis 1946 war sie die evangelische Hauptkirche. Vor dem Gebäude stehen die beide Gebäude Hänsel und Gretel, Kliesslator *[Klößchen]*.) Mein Mann stammte aus Pirschen, dort am 25. 9. 1909 geboren und zur Schule gegangen, in Maltsch an der Oder das Schlosserhandwerk erlernt, eine Volontärzeit in Striegau abgeleistet, eine Zeitlang auch in Kostenbluth bei Rother, hatte er 1934 in Jerschendorf eine Schlosserei gepachtet und 1936 gekauft und im Februar 1937 die Meisterprüfung bestanden. Er stammte aus einer Gutsbesitzerfamilie, die einen Hof von 220 - 250 Morgen besaß. Eigenartigerweise erbte eigentlich der jüngste Sohn den Hof. Otto als jüngster Sohn wollte jedoch den Hof nicht erben, sondern lieber die Schlosserei ausbauen. Er erhielt eine Abstandssumme von 10000 Reichsmark. Seine Eltern Paul und Selma Nixdorf, geb. Bunzel, kamen aus Jenkwitz und hatten das Gut in Pirschen gekauft.

Abb. 35 Magdalene und Otto Nixdorf als Brautpaar

1939 wurde mein Mann sofort eingezogen zu einem technischen Bataillion, er machte den Polenfeldzug mit, war dann in Rumänien, Frankreich und Russland. 1945 kam er in amerikanischer Gefangenschaft um, ist wohl verhungert.

Abb. 36 Links: Otto Nixdorf mit Seinen Eltern Paul und Selma Nixdorf, rechts: Käthe mit Georg Härtel

Ein Jahr lang führte ich noch mit einem Gesellen die Schlosserei weiter, danach ging ich wieder zu Härtels ins Geschäft. Anfang Februar, am 9. 2. 1945, kamen die Russen nach Pirschen, eine Woche später wurde ich von einem Posten mit noch drei weiteren Frauen nach Jenkwitz geführt, angeblich um Dokumente zu kontrollieren. Es war tiefster Winter, ich war schlecht bekleidet, Halbschuhe usw. In einem Bauernhause wurden wir vernommen. ich wurde gefragt, ob ich in der Partei gewesen war und noch vieles andere, darauf musste ich einen Zettel unterschreiben und wurde zusammen mit den anderen in einem Zimmer ohne Möbel eingesperrt. Alle anderen hatten nicht unterschrieben. Hampels Herta *[eine Bekannte]* war nicht dabei. Am anderen Tag mussten die anderen wieder zur Vernehmung mit dem Ergebnis, dass sie auch unterschrieben haben. Hampels Herta haben sie zerschlagen, sie hatte Russenmädel schlecht behandelt.

Zwei weitere Tage mussten wir uns noch in diesem Zimmer aufhalten. Zu essen bekamen wir Graupen, Tee etc. Eines Morgens mussten wir antreten und zum Vorwerk Hartau bei Pirschen marschieren, es waren noch andere Männer und Frauen dazugekommen. Man dachte, dass man in der großen Sandgrube erschossen würde, denn wir wurden von russischen Militär begleitet. Es ging aber bis Keulendorf, dort nächtigten wir in der bitteren Kälte in einem Schweinestall auf den bloßen Ziegeln. Am andern Tag mussten wir wieder antreten und wurden auf Lastwagen verladen. Ich wurde von einem Russen gefragt, ob ich keine weitere Kleidung hätte, und er gab mir ein nagelneues Herrenulster, ein Paar lange Socken und ein Paar Filzpotschen, Größe 46.

Die Fahrt ging dann bis Namslau. Unterwegs sahen wir tote Pferde, Soldaten, als wir bei Breslau vorbeifuhren. Ein Lastwagen kippte um, und wir durften nicht helfen, keiner wurde verbunden. In Namslau, östlich von Breslau gelegen (an der Straße von Öls nach Kreuzburg) haben wir in einer Brauerei übernachtet. Die Russen brachten uns Bier zu trinken. Es lag Bettzeug herum, und so nahmen wir uns Kopfkissen mit. In Namslau wurden wir in Güterzüge verladen und nach Krakau ins Gefängnis gebracht, in den schwersten Kerker, zusammengepfercht mit 50 Frauen. Wir konnten nur hocken, es war sehr kalt. Die Toiletten durften nur abends und morgens benutzt werden. Essen gab es nur aus schmutzigen Holztiegeln. Geld lag zu Bergen herum. Eine angenehme Veränderung der sanitären Situation konnten wir verzeichnen, als ein großer Kübel in den Raum gestellt wurde, den alle einträchtig benutzten. Die ersten Läuse tauchten auf (Hampel Herta). Am 6. Tag griffen in der Nacht der russische Flieger Krakau an, da mussten wir gleich heraus und wurden auf den Bahnhof geschafft. Es wurde uns gesagt, wir kämen jetzt nach Russland. Krank dürfe keiner sein, sonst würde er erschossen. Wir wurden in Waggons verladen. Wir hatten nichts zu trinken. Einzig Eiszapfen, die sich am Waggon bildeten, spendeten etwas Nass. Einmal am Tag bekamen wir fürchterlich angebrannte Graupen. Zum Waggon hinaus gab es eine Rinne, die als Toilette benutzt wurde. Einer stellte sich mit einer Decke davor. Inzwischen hatten wir fast alle Füße, die nur als Klumpen bezeichnet werden konnten. Hier kamen mir die anfangs etwas klobigen Filzschuhe gelegen.

Nach achttägiger Bahnfahrt kamen wir in Woroschilograd in ein Lager in Quarantäne (Luhansk in der Ukraine hatte von 1935 bis 1958 und von 1970 bis 1992 zu Ehren des sowjetischen Funktionärs Kliment Woroschilow den Namen Woroschylowhrad). Das Lager, acht Hektar groß, bestand aus acht Steinbaracken. Vor dem Lagertor lag der russische Stab. Es gab eine Küche, eine Waschküche, eine Krankenbaracke. An jeder der vier Ecken gab es Wachttürme, die Tag und Nacht mit Posten besetzt waren. In einer Ecke des Lagers war eine Grube für die Notdurft ausgehoben. Bei Regen war das Brett glatt, und mancher Schwache ist ausgerutscht und in der Grube umgekommen. Außerdem gab es einen Zaun. Die Baracken waren sehr lang. Es waren etwa 2000 Personen im Lager, darunter auch der Fürst von Radziwill, außerdem, wie man sie nannte, Kapitalisten, Faschisten, dreifache Millionäre etc., von zwölf bis achtzig war alles vertreten.

An einer Seite des Lagers verlief eine Bahnlinie und eine richtige Straße, die Deutsche gebaut hatten. Nach meinem Eindruck war auch das Lager von deutschen Soldaten angelegt worden. Russische Frauen im Lager machten Ausbesserungsarbeiten, sie waren schon vier Jahre über 4000 km von zu Hause weg. Angesichts von 4000 km erging ihnen der Gedanke an Flucht von vornherein. Innen waren die Barackenmauern weiß getüncht, auf einem offenen Herd brannte das Feuer, Türen waren Stalltüren vergleichbar. Es gab wohl elektrisches Licht, aber keine Schalter, man steckte einfach die Kontaktdrähte zusammen, um Strom zu erhalten. Fenster konnten nicht geöffnet werden. Es gab eiserne Bettstellen, immer zwei übereinander. Man lag auf den eisernen Gestellen, es gab keine Matratzen. Gott sei Dank hatte ich ein Kopfkissen. Ich deckte mich mit einem Mantel zu. Wir hatten sehr viele Läuse. Als man morgens aufwachte, wurde das Hemd über den Kopf gezogen und erst einmal Läuse geknackt. Die Wäsche wurde nur mit kaltem Wasser gewaschen. Um vier Uhr wurden wir geweckt. Wir waren während der Quarantänezeit in die Küche gekommen, da gab es 24 Stunden Dienst.

Mein Onkel Martin hatte aus seiner Zeit beim Militär erzählt, man sollte sich immer um einen Posten in der Küche bemühen. das hatte ich beherzigt. Wir hatten 500 Liter Kessel, sie wurden zu drei Viertel mit Wasser gefüllt, darauf kam ein halber Eimer Graupen hinein und Salz. Darauf kochten wir solange, bis sich eine blaue schleimige Flüssigkeit bildete. Wer im Bergwerk arbeitete, bekam amerikanisches Büffelfleisch. Die Tische wurden mit Messern geschuppt (weiße Holztische). In der Küche hatten wir kein elektrisches Licht, nur Schalen mit Öl, ein Docht, der darin stand, wurde angezündet. Der Grund für diese Art Beleuchtung ist mir unerfindlich, denn in den übrigen Baracken gab es ja elektrisches Licht. Bei der Essensausgabe gab es immer eine Schlacht, denn die verhungerten Mitbewohner schlugen sich um das Essen. Es gab 300 Gramm Brot am Tag, am Abend und am Morgen Krautsuppe, auch Tomatensuppe oder eben Graupensuppe. Dann brach Hungertyphus aus, täglich starben etwa zwanzig bis dreißig Menschen, die in eine Baracke gebracht wurden. Durch die Tür verließen in einem breiten Strom die Läuse die toten Menschen. Täglich verließ drei bis viermal ein Ponywagen das Lager mit den Leichen. Hungerödeme traten auf, die ebenfalls die Menschen bald sterben ließen. Als ich in die Typhus-Baracke eingeliefert worden war, musste ich erleben, dass ich tagelang mit toten Menschen gemeinsam in der Baracke lag. Die Haare waren abgeschoren worden. Ich hatte sehr hohes Fieber und konnte kaum hören. In der Nacht öffnete ein deutscher Sanitäter mit einem Dietrich die Baracke und gab uns von deutschen Medikamenten. Nach etwa vier Wochen fühlten wir uns besser.

Danach verließen wir das Lager. Zur Schikane wurden wir oft des Nachts herausgeholt zum Antreten. In der bittern Kälte standen wir und warteten oft stundenlang, bis man uns wieder in die Baracken ließ. Die russischen Posten hatten ebenfalls ein sehr schlechtes und armseliges Leben. Sie haben sogar von uns etwas Geld geborgt. Sie bekamen etwa 400 Rubel, wertmäßig umgerechnet konnte man für den Betrag ein Paar Turnschuhe kaufen, die es auch bei uns gibt. Sie bestehen aus etwas Leinwand, einer Gummisohle und einem schwarzen Gummiband, das über den Spann läuft. Die Bevölkerung war sehr arm, sie kroch, da das Gelände bergig war, immer auf den fahrenden Zug, um das Fahrgeld zu sparen.

Am 8. Mai wurden wir alle herausgerufen, und ein besoffener Offizier verkündete uns die bedingungslose Kapitulation. Auf der Straße fuhren nur ein armseliges Auto und ein Fahrrad, das war der einzige Verkehr. Die Russen trugen alles in der Hand, es gab kein Einwickelpapier ... Nix Kultur ... zweimal in der Woche gingen wir zur Entlausung. Wir gingen in ein Werk arbeiten, dort räumten wir Schutt mittels schwerer Tragen. Wir durften nie absetzen. Später haben wir Schlacken verladen müssen, die noch glühend waren.

Abb. 37 Tante Lenchen besucht mit Vati Müller und Helmar (nicht im Bild) Jerschendorf und hier Friedland (Schlesien) 1977

Zwischenbemerkung (von Helmar)

Tante Lenchen nahm Ende 1945 eine ungewöhnliche Gelegenheit beim Schopf. Ein Transport ging von Luhansk nach Deutschland und beförderte sie wieder zurück nach Schlesien. Sie erzählte, daß sie von dem Güterwagen, in dem sie mit anderen saß, sehr aufmerksam Landschaft und Städte beobachtete, die bei der Fahrt vorbeiglitten. Als sie dann hinter Breslau auch die Neumarkter Gegend erkannte, ist sie beherzt von dem fahrenden Zug gesprungen. Die Überraschung bei den Omas, bei Gertrud Valeska Hanke und Maria Erdmann in Pirschen war natürlich groß, als die nach Rußland Verschleppte plötzlich wieder vor ihnen stand. Wie wir natürlich heute wissen, war es des Bleibens nicht lange, denn Anfang 1946 erfolgte die Ausweisung aus Schlesien auch für den Kreis Neumarkt und sie landete zuletzt in einer kleinen Wohnung im Schulhaus des Ortes Hoyel bei Melle.

Gerhard Erich Müller
Aus seinen Lebenserinnerungen:

Abb. 38 Oskar Müller

Am 7. Januar 1911 wurde ich in Neudorf bei Friedland, Bezirk Breslau, als Sohn des Telegrafenarbeiters Oskar Müller und seiner Ehefrau Klara Müller; geborene Knoblich, geboren. Getauft wurde ich in der Evangelischen Kirche zu Friedland mit dem Taufspruch: Der Mensch sieht, was vor Augen ist, Gott aber sieht das Herz an [1. Sam. 16, 7]. Unsere Familie hielt treu zur Evangelischen Kirche auch über die Zeit hinweg, als diese in Bedrängnis geriet. Meine beiden Eltern waren in Neudorf aufgewachsen: Das Dorf wies außer einer Anzahl von Hofbesitzern sogenannte Häusler auf, die nur wenig Land besaßen und die ihr geringes Einkommen durch die Arbeit als Zimmerleute, Holzfäller oder auch als Weber aufbesserten. Wenn man im Winter durch das Dorf ging, hörte man aus den kleinen Häusern das Klappern der Webstühle. Frauen und Kinder mussten mitarbeiten, damit die Familien zu der kargen Entlohnung gelangten.

Mein Vater, aus einer kinderreichen Familie stammend, fand Arbeit als Telegrafenarbeiter in der durch den Bergbau aufstrebenden Kreisstadt Waldenburg. Dorthin verzog die Familie und hier wurde am 23. 7. 1914 meine Schwester Martha geboren. Die Wohnverhältnisse waren schlicht. Auf einem Flur wohnten drei Familien, für die es auf dem Flur nur einen gemeinsam zu benutzenden Wasserhahn und Ausguss gab. In dem Haus hatte ich zwei Altersgenossen, mit denen ich mich manchmal in das Gelände vor dem Haus begab. Als wir etwa vier Jahre alt waren, brach eine Diphterie aus, an der einer meiner Gefährten starb. Eine wirksame Bekämpfung dieser ansteckenden Krankheit, von der besonders Kinder befallen waren, gab es noch nicht. In Erinnerung sind mir die Wege von Waldenburg-

Altwasser über den Vierhäuser Platz zum Postamt in Waldenburg, wo meine Mutter die monatlich gezahlten Bezüge meines Vaters in Empfang nahm.

Abb. 39 Karte Waldenburg/Friedland (gemeinfrei)

Im Jahr 1917 wurde mein Vater in Abwesenheit auf seinen Antrag hin als Postschaffner an das Postamt in Friedland versetzt. Im März zogen wir um und fanden eine Wohnung in der Kirchstraße Nr. 7. Auch hier waren die

Wohnverhältnisse sehr einfach. Wir hatten eine Küche und ein Schlafzimmer. Mein Bett wurde in einer Bodenkammer aufgestellt, die nur durch einen Bretterverschlag vom Wäscheboden abgetrennt war. Die Umgebung, in die wir kamen, war bei weitem ansprechender als die, die wir verlassen hatten. Wir hatten vor uns eine Landschaft mit Gärten, Feldern, Wiesen und kleinen Wäldern und bewegten uns immer in der frischen Luft. Doch wir befanden uns im dritten Kriegsjahr. Die Lebensmittel waren rationiert. Das Geld verfiel und die Not besonders in den größeren Städten wurde immer größer. Eine Grippeepidemie forderte zahlreiche Opfer. Als Sechs- bis Siebenjähriger wanderte ich einmal in der Woche nach Neudorf, um dort von unseren Verwandten ein Säckchen Roggen, Milch und ein paar Eier zu holen. Diese zusätzlichen Lebensmittel haben uns gut über die schwere Zeit geholfen.

Ostern 1917 war ich in die Schule eingetreten. Das Lernen fiel mir leicht und machte mir Freude. Ich erinnere mich noch an die damals übliche Feier zu Kaisers Geburtstag, an der jedes Schulkind ein Paar Wiener Würstchen bekam. Aus den Gesprächen der Erwachsenen erfuhr ich, daß die Aussicht auf ein siegreiches Endes des Krieges gesunken war und daß jedermann nur noch den Frieden wünschte. Am 9. November kapitulierten die deutschen Streitkräfte und die aus den Verbänden entlassenen Soldaten strömten in ihre Heimatorte zurück. Täglich lief ich zum Bahnhof in der Erwartung der Rückkehr meines Vaters, die Anfang Dezember erfolgte. Er trat hier in Friedland den Dienst als Postschaffner an und hat durch viele Jahre als Briefträger und Paketzusteller seine Tätigkeit ausgeübt.

Friedland bildet mit den umliegenden Dörfern Schmidt-

Abb. 40 Oskar Müller als Postbeamter

sdorf, Neudorf, Hof Göhlenau, Rosenau und Raspenau einen Postbezirk. Dieser entsprach dem Amtsbezirk und ebenso auch den Kirchspielen der evangelischen und der katholischen Kirche. Hier in Friedland wurden meine Geschwister Reinhard, Irmgard und Herbert geboren. Wenige Schritte von uns in Richtung Stadtmitte lag eines der beiden Pfarrhäuser, in dem der eine Pastor mit seiner Familie wohnte. Von der Pastorsfrau wurde ich manchmal eingeladen. Sie stammte aus der französischen Schweiz. Wenn sie in ihrer liebenswürdigen, lebhaften Art mit etwas fremden Akzent sprach, gewann sie die Herzen ihrer Mitmenschen. Sie leitete den Kinderbund des EC (Entschiedenes Christentum), dem ich damals angehörte[58]. Seit Ostern 1920 besuchte ich die sogenannte gehobene Abteilung der Schule, die mit den Klassen Sexta, Quinta, Quarta sozusagen ein Außenposten der höheren Schule der Stadt Waldenburg war. Die gehobenen Klassen waren sehr klein, und wir erhielten einen gründlichen Unterricht. So stand es, als ich in der Untertertia der Waldenburger Realschule umgeschult wurde, nicht schlecht um meine Schulkenntnisse. Um zu der neuen Schule zu gelangen, musste ich einen weiten Schulweg zurücklegen. Im Sommer begannen die Schulstunden um 7.00 Uhr. Ich musste vor 4.00 Uhr aus dem Schlaf gerissen werden, denn mein Zug, der auch Bergarbeiter zur Frühschicht brachte, fuhr um 4.20 Uhr ab. Wir mußten einmal umsteigen, zuletzt mit der Straßenbahn fahren und dann ein Stück laufen, um gegen 6.00 Uhr das Schulgebäude zu erreichen. So ging es mehrere Jahre, ehe die Schulbehörde ein Einsehen hatte und den Schulanfang im Sommer auf 7.30 verlegte, damit wir einen späteren Zug benutzen konnten. Im Winter begann der Unterricht wie bisher weiterhin um 8.00 Uhr. Die Rückfahrt lag so, daß wir um 4.00 Uhr nachmittags zu Hause anlangten. Da die Winter in Schlesien oft sehr schneereich waren, kam es vor, daß sich in der Nacht vor dem Langwaltersdorfer Tunnel eine hohe Schneewehe gebildet hatte, durch die der Zug trotz mancher Anläufe nicht durchkam und stecken blieb. Infolge der Verspätung erreichten wir den Anschluß nicht und kamen froh über den Unterrichtsausfall reichlich verspätet in der Schule an.

---

[58] Die Jugendarbeit wurde durch den amerikanischen Gemeindepfarrer Dr. Francis E. Clark in Portland (Maine) 1881 ins Leben gerufen. In Deutschland wurde am 7. Oktober 1894 der erste deutsche "Jugendbund für entschiedenes Christentum" gegründet. 1903 schlossen sich die inzwischen entstandenen Landesverbände zu einem nationalen Verband zusammen.

Die Waldenburger Realschule stockte in den folgenden Jahren drei Klassen auf und wurde eine Oberrealschule, die bis zum Abitur führte[59]. Der Lehrplan der Schule war auf Mathermatik, Naturwissenschaften und neuere Sprachen ausgerichtet. Dabei hatte das Französische den Vorrang, es wurde von der Sexta bis zur Oberprima erteilt. Englisch begann in der Untertertia, ging ebenfalls bis zur Oberprima. Latein gab es fakultativ nur in den letzten drei Klassen. Waldenburg besaß noch ein humanistisches Gymnasium mit alten Sprachen und ein Lyzeum, das nur von Mädchen besucht wurde und bis zur mittleren Reife führte. Von 1926 an durften Mädchen die Oberstufe der Oberrealschule besuchen. In meiner Klasse waren es drei, denen dieser Schulbesuch eingeräumt wurde. Später stieg die Zahl der Schülerinnen etwas an, blieb aber weiterhin erheblich hinter der Zahl der Schüler zurück.

Ich verdanke der Schule vieles, was mir später für meinen Beruf von Nutzen war. In Mathematik wurden wir bis zur Infinitesimalrechnung geführt. Im Französischen kamen wir bis zu Maupassant, Balzac, Paul Verlaine. Im Englischen lasen wir Shakespeare, Thomas Wilde, Bernhard Shaw (St. Joan). Im Deutschen wurden wir herangeführt an Wilhelm Raabe, Theodor Fontane, Hermann Hesse, C.F. Meyer und Thomas Mann. Ich hatte im Deutschen Mühe, mit meinen Schulkameraden mitzuhalten, die Anregungen aus dem Deutschunterricht zu vertiefen und auszuweiten, da mir zu Hause keine Bücher zur Verfügung standen und mein Heimatort keine Bücherei oder Buchhandlung vorweisen konnte. Meine Mitschüler, meist aus gutbürgerlichen Familien kommend, kannten diesen Mangel nicht. Dazu kam eine gewisse Unbeholfenheit, die ich als beinahe Jüngster nicht so leicht überwinden konnte. Als in der Untersekunda die meisten meiner Mitschüler den Stimmbruch hinter sich hatten und ihre sprossenden Barthaare rasierten oder nicht rasierten, behielt ich noch eher kindliches Aussehen. Mein Bild als Konfirmand, das leider nicht mehr vorhanden ist, machte dies deutlich. Daß ich dabei einen sogenannten Konfirmandenhut trug, unterstrich diesen Eindruck noch. Blaufarben wie der Konfirmandenanzug und mit steifer Krempe wurde diese Kopfbedeckung nur an diesem

---

[59] Lehrer an der Bergland-Oberschule, Waldenburg: Hasting, Willi (Englisch) geb. 14.7.1884. Zur Vgl. Hilgenfeld, Städtische Oberrealschule, in Monographien deutscher Städte, Bd. XVI Waldenburg in Schlesien, Berlin 1925, S. 145-147.

Tage getragen. Konfirmiert wurde ich in der Evangelischen Kirche in Friedland bei Pastor Hornig, der später Bischof in Görlitz wurde[60]. Da wir eben über eine Kopfbedeckung sprachen, will ich erwähnen, daß wir als Oberrealschüler rote Schülermützen trugen. Ein Band um die Mütze, etwa gold-blau-gold oder silber-grün-silber war ein Zeichen der Klasse, der man angehörte. Die Gymnasiasten hatten blaue Mützen, die Schülerinnen des Lyzeum trugen blaue Tellermützen. Aber nicht alle Schüler kennzeichneten sich als Angehörige der höheren Schulen, allmählich verschwanden sie ganz.

Diese zunächst äußerlich erscheinende Feststellung hatte seine Ursache in einer neuen Einstellung der Jugend zur bürgerlichen Tradition. Es ist die Jugendbewegung, die in einem immer stärkeren Maße die Jugend ergriff, die sich in einer stärkeren Hinwendung zur Natur, zum einfachen Leben, zur Pflege des Volksliedes zeigte. Dem politischen Leben abgeneigt, entstand der Wandervogel in vielen Vereinigungen und Bünden. In Friedland brachte ein Volontär im Geschäft der Eisenhandlung Ritschel, Gotthard Friedrich, Abiturient aus Wohlau, den Anstoß, eine Gruppe des Deutschen Pfadfinderbundes zu gründen. Er sammelte 12 bis 14 Jungen als Horstführer um sich. Bald entwickelte sich ein frohes Fahrten- und Lagerleben, mit dem unsere Sonnabendnachmittage und Sonntage ausgefüllt waren. Einmal in der Woche fand abends ein Thing statt. Es wurde gesungen, Rundbriefe wurden vorgelesen. Um das Abzeichen eines Wölflings zu erhalten, waren eine Anzahl von Aufgaben zu erfüllen, dabei wurde an die Tradition der Pfadfinder vor dem ersten Weltkrieg angeknüpft, die ähnlich den englischen Scouts für den Dienst in den Kolonien vorbereitete. Bei uns galt das unbedingte Rauch- und Alkoholverbot. In dieser Zeit habe ich vieles in mich aufgenommen, was mir später zugutekam, habe unsere engere Heimat auf vielen „Fahrten" kennengelernt. Der Deutsche Pfadfinderbund war über ganz Deutschland verbreitet. Alle Jahre fand ein großes Treffen

---

[60] Ernst Hornig, Sohn eines Reichsbahnbeamten, wurde am 25. August 1894 in Kohlfurt geboren. Nach der Ordination und einer kurzen Tätigkeit in Friedland (Schlesien) übernahm er eine Pfarrstelle in Breslau (1928-1946). Zusammen mit Pfarrer Martin Niemöller gründete er in Berlin am 21. September 1933 den Pfarrernotbund, eine Verteidigungs- und Widerstandsorganisation gegen den deutsch-christlichen und nationalsozialistischen Einfluss in der Evangelischen Kirche Deutschlands. Als nach dem Ende des zweiten Weltkrieges die deutsche Bevölkerung aus Schlesien gewaltsam vertrieben wurde, verlegte die schlesische Kirchenleitung ihren Sitz nach Görlitz in die damalige Sowjetische Besatzungszone (später DDR) mit Ernst Hornig als Bischof.

statt. Im Jahr 1922 nahm ich an einem solchen Treffen in der Heide am Knüll (Hessen) teil, dem sich eine Wanderung durch den Thüringer Wald anschloss. Die bündische Jugend hielt die Verbindung zu den deutschen Volksgruppen besonders im Donauraum. Nach dem Zerfall des österreich-ungarischen Staates waren die überall verstreut lebenden Deutschen in Bedrängnis geraten.

Der schlesische Gau des Deutschen Pfadfinderbundes unternahm im Juli 1927 eine Großfahrt durch Jugoslawien unter der Führung von Carl-Dietrich von Trotha aus Schweidnitz, von uns Kadi genannt[61]. Ich hatte mich zu dieser Großfahrt, die vier Wochen dauern sollte, gemeldet. Die Kosten waren mit RM 90,00 veranschlagt. So gering uns dieser Betrag heute erscheinen mag, so wäre er doch für meine Eltern unerschwinglich gewesen. Ich habe mir das Geld als Bergarbeiter untertage verdient bei einem Wochenlohn von 25 – 30 RM und bei achtstündiger Arbeitszeit, zu der noch zwei Stunden für die Hinfahrt und zwei Stunden für die Rückfahrt hinzukamen. Die Fahrt, die uns zunächst bei der Hinreise zur alten ungarischen Krönungsstadt Gran/Esztergom führte, war für mich ein unvergessliches Erlebnis. Wir fuhren mit dem Schiff auf der Donau bis Budapest und übernachteten in den Bootsbaracken der ungarischen Czerkas. Mit der Bahn fuhren wir bis Serajewo. Dort begann die Fußwanderung über die Dinarischen Alpen zur Adria. Ich kann die Einzelheiten dieser „Großfahrt" nicht ausbreiten[62]: In Spalato (Split) trafen sich vier Gruppen des Unternehmens, um mit dem Schiff in Richtung Heimat zu fahren. Aber diese verzögerte sich. Unser Kadi trug das Geld für die Rückreise, alles große Geldscheine, im Brotbeutel bei sich. In der Mittagsstunde legte er sich bereits in der Hafenanlage zu einem kurzen Schlaf nieder, den Brotbeutel unter dem Kopf. Beim Erwachen stellte er fest, daß Brotbeutel und Geld verschwunden war. Über das deutsche Konsulat wurde schließlich doch die Rückfahrt bewerkstelligt.

---

[61] Carl-Dietrich Ernst Wilhelm von Trotha (* 25. Juni 1907 in Kreisau; † 28. Juni 1952 in Fox Lake, Illinois) war ein deutscher Jurist, Ökonom, Hochschullehrer und Oberregierungsrat. Er war Widerstandskämpfer gegen den Nationalsozialismus und Mitglied des Kreisauer Kreises.

[62] Mündlich wurde einmal berichtet, daß Vater Erich einen Durchfall mit Schokolade zu kurieren versuchte mit der Folge, daß er eine Verstopfung bekam. – Außerdem wurde berichtet, daß die Wanderung derart strapaziös war, daß einer der Teilnehmer gestorben ist.

Für die Familie hatte sich zu Beginn des Jahres 1927 eine Veränderung ergeben. Wir bekamen eine größere Wohnung und konnten zum Göhlenauer Kirchsteg 2a umziehen. Endlich hatte ich einen Raum, in dem ich arbeiten und auch eine Regal mit Büchern aufstellen konnte. Nach dem Ersten Weltkrieg waren die wirtschaftlichen Verhältnisse noch Jahre hindurch bedrückend. Die Versorgung der Menschen reichte nicht aus, dazu kam eine fortschreitende Inflation. Die Geldscheine wiesen astronomische Zahlen auf. Bei der Stabilisierung der Währung im November 1923 war der Wert von 1 Billion Papiermark auf 1 Goldmark gesunken. Von da an erfolgte ein langsamer Aufstieg. Meine Mutter übernahm Näharbeiten für eine Weberei. Es mußten allwöchentlich eine bestimmte Menge von Hand- und Wischtüchern gesäumt werden. Wir Kinder waren, soweit es ging, behilflich. Obwohl es trotz aller Anstrengungen immer noch schmal bei uns zuging, waren wir nicht bedrückt, sondern froh. Es wurde oft gesungen und sogar musiziert. Ich hatte mit 10 Jahren eine Geige bekommen und erhielt Unterricht bei dem Stadtkapellmeister. Später fanden sich drei Instrumentalspieler zu regelmäßigen Übungen ein, so daß wir ein Streichquartett bildeten. Das Geigenspiel, wenn es sich auch in bescheidenen Grenzen hielt, hat mir später im Beruf geholfen und immer Freude bereitet.

Ostern 1929 bestand ich an der Waldenburger Oberrealschule das Abitur. Die Berufsaussichten standen für uns damals schlecht. Deutschland hatte 7 Millionen Arbeitslose und mußte noch immer Reparationskosten des 1. Weltkrieges zahlen. Die Wirtschaft lag darnieder, die Betriebe mußten immer wieder Entlassungen vornehmen, Lehrlinge wurden nicht mehr eingestellt. Die Auseinandersetzungen zwischen den Parteien wurden tätlich ausgetragen. Es war ein Glücksfall, daß ich im Juni 1929[63] als Studierender der eben eröffneten Pädagogischen Akademie zu Breslau aufgenommen wurde. Hier durfte eine Hörerschaft von 60 Studierenden ihrem Ziel, Lehrer zu werden, zustreben. Im Jahr 1927 hatte der damalige preußische Kultusminister Becker einen Weg der Lehrerbildung vorgeschlagen. Er gründete eigenständige Pädagogische Akademien, die das Abitur voraus-

---

[63] Während der goldenen Zwanziger herrschte keine hohe Arbeitslosigkeit. Im Juni 1929 war die Arbeitslosigkeit auf ca. 1,25 Millionen gesunken. Ab Juni 1929 nahmen tatsächlich in den USA die Entlassungen bei nicht ausgelasteten Großunternehmen zu. Am 14. Oktober begannen die Aktienpreise zu fallen.

setzten und den Rang von Hochschulen erhielten. Hervorragende Pädagogen wurden berufen, um der neuen Lehrerausbildung Rang und Namen zu verleihen. Zu ihnen gehörten als Philologe Professor Weidel und Professor Adolf Busemann, mit dem ich über die Zeit des Studiums hinaus persönlich verbunden blieb[64]. Da für die Zulassung zum Studium die Musikalität jedes Bewerbers insbesondere das Spiel eines Instrumentes vorausgesetzt wurde, konnte ein guter Chor mit Frauen-und Männerstimme, sowie ein Orchester zusammengestellt werden, der des öfteren im Schulfunk des Breslauer Rundfunks mitwirkte. In guter Erinnerung sind mir Exkursionen, die uns ins oberschlesische Kohlenrevier, nach Hirschberg und in das Riesengebirge führten.

Im Juni 1931 erfolgte meine Einstellung in den Schuldienst, die zunächst ein Praktikum an der evangelischen Volksschule in Waldenburg-Dittersbach vorsah. Mit einer definitiven Einberufung in den öffentlichen Schuldienst konnte nicht gerechnet

Abb. 41 Erich Müller als Soldat

---

[64] Außerdem Will-Erich Peuckert, geboren als Sohn eines Postbeamten in Töppendorf (Kreis Goldberg-Haynau/Niederschlesien), im Vorland also, absolvierte – nach einem Besuch der Präparandenanstalt Schmiedeberg – das Bunzlauer Lehrerseminar, um dann von 1915 bis 1921 an einer Dorfschule in Groß-Iser zu unterrichten. Ihm genügte das nicht: Er ergänzte und vertiefte sein Wissen in einem nachträglichen Studium an der Breslauer Universität, das er mit der Promotion über das Thema: *Die Entwicklung Abrahams von Franckenberg bis zum Jahre 1641* abschloß. Von 1929 bis 1931 lehrte Peuckert an der Breslauer Pädagogischen Akademie sowie auch an der Universität.

werden, da noch viele seminaristisch ausgebildete Lehrer keine Anstellung erhalten hatten. Es handelte sich auch um Lehrer, die aus den an Polen abgetretenen Gebieten des Deutschen Reiches ausgewiesen waren. So fand man eine Zwischenlösung. Wir akademisch ausgebildeten Lehrer erhielten einen Fortbildungszuschuß von monatlich 100 RM und durften an unseren Heimatorten wöchentlichen 12-Stunden Unterricht erteilen. Ich war von April 1932 bis März 1933 an der evangelischen Schule in Friedland tätig. In der mir verbliebenen Zeit leitete ich ein sogenanntes Jugendnothilfewerk, in dem jugendliche Arbeitslose einer sinnvollen Beschäftigung zugeführt werden sollten. Wir beschafften Webstühle, auf denen Flickenteppiche hergestellt wurden. Es gab eine Werkabteilung, in der Gebrauchsgegenstände hergestellt wurden. Schließlich bauten wir einen Segelgleiter. Die jungen Arbeitslosen erhielten täglich eine Mittagsmahlzeit.

Es war damals eine sehr unruhige Zeit. Die politischen Gruppen bekämpften sich gewalttätig. Es gab Tote bei Straßenschlachten, die wirtschaftliche Bedrängnis wurde immer größer. Am 30. Januar 1933 berief der Reichspräsident von Hindenburg den Führer der NSDAP Hitler zum Reichskanzler. Die nun einsetzenden Veränderungen brauche ich nicht zu beschreiben. Da die Weimarer Republik gescheitert war, nahmen die meisten die einsetzenden Verfolgungen von Juden und von ehemaligen politischen Gegnern hin und arbeiteten mit für das neue Regime, das als erstes die Arbeitslosigkeit durch drastische Maßnahmen beseitigte. Ich selbst wurde im April 1933 in den Schuldienst einberufen und bekam eine Hilfslehrerstelle in einem Dorf im Kreise Trebnitz, in Kainowe.

Hier fand ich ganz andere Lebensverhältnisse vor als die, die mir in meiner Heimatstadt Friedland vertraut waren. Die Landschaft war eben, von vielen Wasserläufen durchzogen, deren größter die Schätzke, ein Nebenfluss der Bartsch war[65]. Die Kreisstadt Trebnitz lag etwa 14 km südlich

---

[65] Das geringe Gefälle von Bartsch und Schätzke wirkt sich bei den häufigen Überschwemmungen infolge der mißlichen Vorflutverhältnisse insofern besonders schädigend für die Landwirtschaft aus, als die Überflutungen lange stehen bleiben und damit so manche Ernte auf dem Halm faulen ließen. Zur Eindämmung der Hochwasserschäden begann man daher lt. eines Berichts von Schulrat O..Hoffmann, Trachenberg im Heimatjahrbuch von Militsch 1930/32 um diese Zeit mit Schutzmaßnahmen längs der 113 Bartsch-Fluß-Kilometer von Schwusen bis Wildbahn. Man baute Dämme, Pfahl-Buhnen gegen die Uferunterspülungen und befestigte die Uferböschungen, wobei sich u.a. der Freiwillige Arbeitsdienst beteiligte als auch Arbeitslose eine Beschäftigung fanden.

von hier [*diesem Dorf*] am Nordhang der Katzenberge. Trebnitz war ein Badeort, weiterhin berühmt als Wallfahrtsort der heiligen Hedwig, der Schutzpatronin Schlesiens, geweiht. Die Landschaft, die sich von Trebnitz nach Norden hin erstreckte, war flach, der Boden sandig. Eine befestigte Landstraße führte fast bis zu meinem neuen Dienstort, das letzte Stück aber war ein unbefestigter Weg, in den sich die Spuren der ländlichen Fahrzeuge gegraben hatten. Kainowe hatte eine kleine, aber ansehnliche Kirche, die zusammen mit dem Pfarrhaus und der Schule den Mittelpunkt des Dorfes Groß Kainowe bildete. Zwei Kilometer entfernt von hier lag der Ortsteil Klein Kainowe mit einigen Gehöften und der Gastwirtschaft Lachmann.

Nach mehrjähriger Dienstzeit an verschiedenen Volksschulen des Regierungsbezirks Breslau wurde ich am 1. 12. 1937 an die Horst-Wessel-Schule in Gottesberg berufen und dort angestellt. Meine Verwendung an der dortigen Hauptschule ist vorgesehen. Als Schüler gehörte ich dem Deutschen Pfadfinderbund (D.P.B.) an, lernte auf Großfahrten schlesisches und deutsches Land kennen und kam über die damaligen Reichsgrenzen in die Slowakei und nach Serbien-Kroatien. Im Mai 1933 übernahm ich die Führung eines Fähnleins der DJ in der HJ[66] im Kreise Trebnitz in Schlesien, meldete mich im November 1933 zur SS und wurde am 1. 4. 1934 in die SS aufgenommen. Da in der folgenden Zeit bereits ein Lehrermangel eintrat, wurde ich oftmals versetzt. Von November 1935 bis September 1936 leistete ich aktiven Wehrdienst ab. Abschließend übernahm ich eine Lehrerstelle in Sacrau Kreis Oels bis November 1937. Im Jahr 1937 nahm ich als SS-Mann am Reichsparteitag in Nürnberg teil. Als ich im Dezember 1937 nach Gottesberg in Schlesien versetzt wurde, wurde ich vom dortigen Ortsgruppenleiter aufgefordert, dort für die HJ tätig zu sein. Ich wurde vom SS-Dienst beurlaubt und führte bis zu Beginn des Krieges einen Jungstamm im HJ-Bann 375 Waldenburg. Ich denke besonders an diese Zeit starker Anspannung meiner Kräfte gern zurück. Es war die schönste Aufgabe, nicht nur im Unterricht, sondern auch bei Sport und Spiel, Singen und Marschie-

---

[66] Der Begriff *Jungvolk* wurde von nationalistisch geprägten Ablegern der Wandervogel-Bewegung in Wien nach Ende des Ersten Weltkriegs geprägt. Im Sommer 1930 verbanden sich österreichische und reichsdeutsche Gruppen in Absprache mit der Leitung der Hitler-Jugend zum *Deutschen Jungvolk, Bund der Tatjugend Großdeutschlands*.

ren, im Heimabend wie im Lager, die Liebe und Begeisterung für unser Volk und unseren Führer in den Herzen der Jungen zu wecken.

Am 26. 8. 1939 wurde ich zum Wehrdienst einberufen. Ich nahm in einem Infanterie-Regiment am Polenfeldzug teil, nach einer Zeit am Westwall erlebte ich den Westfeldzug. Am 22. Juni 1941 trat unsere Truppe zum Kampf gegen die Sowjetunion ein und erreichte nach vielen schweren Kämpfen den Don[67]. Im Winter 1941/42 nahm ich in Russland an einem Lehrgang für Offiziersanwärter teil und wurde am 1. 9. 1942 zum Leutnant befördert[68].

Helmar erzählt:

Die nun folgende Zeit bis zum August 1944 ist in entsprechenden Akten des Bundesarchivs in Berlin gut dokumentiert[69]. Zur Jahreswende 1942/1943 gehört er [*Vater Erich*] dem Stab des Grenadierregiments 183 an, von dem es heißt: es sei entstanden am 15. Oktober 1942 durch die Umbenennung des Infanterie-Regiments 183 und der 62. Infanterie-Division unterstellt. Ende 1942 war es bei der 8. italienischen Armee im Donbogen vernichtet

---

[67] Wieweit wußte er von der gerade bei der Heeresgruppe Süd praktizierten Vernichtung der Juden auf Grund des sogenannten „Reichenaubefehls". Jedenfalls hat er später erwähnt, daß es gelegentlich die Frage an die Soldaten gab, gegen spezielle Vergünstigungen an sogenannten Sondereinsätzen teilzunehmen. Jeder habe dabei gewußt, was das bedeutete, und keiner war gezwungen, daran teilzunehmen. Zum Reichenaubefehl vgl. Johannes Hürter: Hitlers Heer-führer, München 2007, S. 581ff.

[68] Vgl. BDC RS Müller, Erich 07.01.1911: Lebenslauf vom 28.9.1944.

[69] Im Lebenslauf wird diese Zeit nur kurz abgehandelt. Es heißt dort „Nach den Rückzugskämpfen im Winter 1942/43, die unserer Truppe schwere Verluste brachten, erkrankte ich im April 1943 und kam in das Reservelazarett Glatz in Schlesien. Nach meiner Wiederherstellung im September 1943 übernahm ich im dortigen Lazarett die Dienstgeschäfte des Lazaretthilfsoffiziers: Ich hatte dort Gelegenheit, mir Kenntnisse der militärischen Verwaltung und der Betreuung der versehrten Soldaten zu erwerben, wie auch die disziplinaren Angelegenheiten zu bearbeiten. Da der beratende Psychiater des Wehrkreises VIII eine Anlage zu depressivem Verhalten feststellte, wurde ich am 17. 8. 1944 [Donnerstag] aus dem Wehrdienst entlassen."

worden[70]. Vater Erich datiert die schweren Rückzugskämpfe auf den Zeitraum 18. 12. 1942 bis zum 9. 1. 1943 [71]. In Erzählungen äußerte er immer wieder seine Erschütterung über das Schicksal der jungen, mit schicken Uniformen ausgestatteten Italiener. Schon bei ihrem ersten Einsatz waren sie umgekommen.

In einem Geburtstagsbrief vom März 1943 an den Bruder Reinhard[72] ist der Optimismus, der bis dahin alle Briefe durchzogen hat, völlig verschwunden: „In dieser Zeit ist das Schicksal übermächtig. Wir können es nicht zwingen, sondern nur alles daran setzen, eine Haltung ihm gegenüber zu gewinnen. Gute Ratschläge gibt es nicht mehr." Er treibt seiner großen Krise zu, von den Ärzten als reaktive Depression diagnostiziert, die ihn in den versuchten Freitod treiben wird. Zunächst jedoch heißt es: „Ich führte es nicht aus, weil ich lieber vor dem Feinde fallen wollte."

Den in allen Einzelheiten dokumentierten Selbsttötungsversuch begeht er erst am 27. April 1943 gegen 14.00 Uhr, wird aber gerettet und nach einer ersten ärztlichen Versorgung am 9. Mai mit einem Flugzeug in das Reservelazarett Scheibe in Glatz verlegt. Auch die langsame Genesung bis weit in das Jahr 1944 hinein ist gut dokumentiert. Am 28. Mai 1944 wird das Dienstunfähigkeitsverfahren eingeleitet, am 17. August wird er aus dem aktiven Wehrdienst entlassen und am 28. Februar 1945 ausgemustert.

---

[70] Ende 1942/Anfang 1943 wurde die 8. italienische Armee am Don durch eine russische Großoffensive ("Operation Saturn") vernichtet. Bei diesen Kämpfen geriet das Alpinikorps hinter die feindlichen Linien. Nach zweiwöchigen schweren Gefechten bei starkem Frost erreichten sie, stark dezimiert, wieder die eigenen Linien. Von den über 200.000 Soldaten der 8. italienischen Armee kehrte im Frühjahr 1943 nur ein Bruchteil nach Italien zurück. Nach Vernichtung der Masse der Infanterie der Division bei der 8. ital. Armee im Donbogen (4. 5. 1943), werden die GR 183 und 190 aufgelöst.

[71] Vgl. BDC RS Müller, Erich 7. 1.1911: Vernehmung im Lazarett Scheibe in Glatz vom 30. August 1943: Den Rückzugskämpfen vom 18. 12. 42 bis 9. 1. 43 war eine Reihe schwerer Kämpfe vorangegangen. Ich war damals Zugführer und hatte die Nachrichtenverbindung vom Regiment zu den Bataillonen aufrecht zu erhalten. Tag und Nacht war ich eingesetzt, sodass ich die Rückzugskämpfe in ziemlich erschöpftem Zustand antrat. Am 1. Tag des Rückzugs geriet mein Zug unter Panzerbeschuss. Es fielen aber nicht nur hier Leute und wichtiges Gerät aus, sondern auch bei den Bataillonen Teile der Staffeln. Als ich das Regiment im nächsten Ort sammelte, kamen daher die für die Nacht vorgesehenen Nachrichtenverbindungen nicht mehr zustande, als im Morgengrauen der Russe erneut durchbrach.

[72] Brief vom 3. 3. 1943.

G. E. Müller erzählt: „Am 20. August [Sonntag] 1944 übernahm ich wieder meinen Dienst als Lehrer und wurde an die Schulen Raspenau und Görbersdorf bei Friedland im Bezirk Breslau abkommandiert. Am 20. 9. erfolgte meine Einberufung zum Unternehmen Bartold (Notdienst), wo ich mich zur Zeit im Einsatz befinde[73]." Er beschließt seinen Lebenslauf mit dem Ausblick auf die schon in den Krankenakten erwähnte Heirat:

„Nach meiner Rückkehr aus dem Felde fand ich in der Frau meines gefallenen Kameraden die Frau, die mir in Liebe als Lebensgefährtin zur Seite stehen will. Gleiche Berufsinteressen und die gemeinsame Sorge für ihr in der ersten Ehe geborenes Kind sollen uns für eine Zukunft verbinden, von der wir uns Glück und Segen erhoffen" [74].

Als er Ende August 1944 die Heiratspläne verwirklichen wollte, konfrontierte ihn die SS mit den für ihre Angehörigen errichteten Hürden vor einer Eheschließung, wie aus der heute im Bundesarchiv in Berlin aufbewahrten entsprechenden Sippenakte hervorgeht[75]. Am 10. 9. 1944 bat er um Übersendung der Vordrucke zu einem Verlobungs- und Heiratsgesuch, das er dann am 27. 9. 1944 einreichte, und damit einen über drei Monate sich hinziehenden Vorgang in Gang setzte. Im November wurden dann Fragebögen, in denen sich Parteigenossen über Charaktereigenschaften der Braut zu äußern hatten, eingereicht, außerdem eine Erklärung der Braut über ihren Vermögens- und Schuldenstand, die ausgefüllten Fragebögen und ärztlichen Untersuchungsbögen des Rasse- und Siedlungshauptamtes sowohl des Bräutigams wie der Braut. Dann entstand ein längerer, sich bis in den Dezember hinziehender Briefwechsel zwischen dem Heiratsamt beim SS-Rasse- und Siedlungshauptamt in Burghof Kyffhäuser/Post Rossla, und der Sammelstelle für Krankenurkunden der Waffen-SS und dem Zentralarchiv für Wehrmedizin in Berlin zu Erlangung von Photokopien der während des Kriegsdienstes angefallenen Krankenakten. Erst am 23. 12. wurden diese abgeschickt. Mehr als drei Monate waren nun schon vergangen, und ob sie noch rechtzeitig für eine endgültige Genehmigung eingingen, ist fraglich, denn die Geduld der Eheschließenden war offenbar erschöpft: Am 4. 1. 1945 teilt Vater Erich dem SS-Rasse- und Siedlungsamt in Berlin die am 26. 12. 1944 stattgehabte Heirat mit.

---

[73] Vgl. BDC RS Müller, Erich 07.01.1911: Lebenslauf.
[74] Vgl. BDC RS Müller, Erich 07.01.1911: Lebenslauf.
[75] Vgl. BDC RS Müller, Erich 07.01.1911.

Abb. 42 Vater Erich mit Helmar bei Friedland, Herbst 1944

Wie ich von meiner Mutter weiß, hatte die Eheschließung in Standesamt und Kirche in Friedland noch ein groteskes Vorspiel. Wohl im November oder Dezember war ruchbar geworden, daß die Schwesternschülerin Hedwig Rother aus Birgwitz bei Glatz Vater Erich ein Kind geboren hatte. Mutter Edith war natürlich von der Nachricht überrumpelt und vor allem empört, als der junge Vater sich zusätzlich zu seiner neuen Würde mit einer *ad hoc* Eheschließung krönen wollte. Mutter Hedwig und ihr Kind sollten doch auch den Namen Müller bekommen. Wie er sich das vorstellte, blieb sein Geheimnis, und das Vorhaben ist wohl auch von Mutter Edith im Keim erstickt worden, zumal es mit den seit Ende August 1944 laufenden Ehevorbereitungen kollidierte. Sollte etwa die angedachte Ehe mit einer veritablen Ehekrise beginnen? Ganz ist Hedwig Rother auch nach dem Kriege nicht aus dem Bewusstsein Erichs geschwunden, wie eine am 12. 7. 1954 erfolgte Auskunft der Heimatkarte für Niederschlesien in Bamberg bezeugt[76].

Dokumentation über G. E. Müller (von Helmar)

Angesichts einer nun über ein halbes Jahrhundert hinweg intensiven Erforschung der Geschichte des Dritten Reiches durch die Zeithistoriker kann das Gefühl entstehen, dass das Wesentliche bekannt ist. Aber es gibt immer wieder neue Aspekte, die die Forschung in Atem halten, darunter die Frage, wieweit und in welcher Form unsere nächsten Angehörigen in den Nationalsozialismus involviert waren. Eine Frage, die, solange diese Verwandten noch lebten, merkwürdigerweise nicht gestellt worden ist. Vielleicht weil man diese ja aus der Anschauung gut kannte, und sich nicht vorstellen konnte, dass auch sie nicht nur passive, sondern auch aktive Glieder in diesem Staat waren.

Wie seltsam erscheint uns heute die Vorstellung von Vater Erich als Mitglied der SS, rätselhaft und erklärungsbedürftig, zumal er auch schon am 1. 11. 1933 eine Anwartschaft erwarb und am 20. April 1934 unter der Nr. 187643 aufgenommen wurde. Die Antwort erschließt sich zum einen aus der Entwicklung der bündischen Jugend und wohl auch der Pfadfinder nach 1923, die ihn stark geprägt haben, zum anderen wohl auch aus seiner Freude an Uniformen und aus seinem Willen aufzusteigen aus kleinsten Verhältnissen. Die aus der Jugendbewegung stammenden Jugendbünde öffneten sich ab 1923 dem Völkischen und festeren militärischen Formen. Man wanderte nicht mehr, sondern marschierte. Man lehnte das republikanische System ab, Leitbegriffe waren „Führer", „Gefolgschaft" und „Volksgemeinschaft". Der Krieg war durch das oft gelesene Buch von Walter Flex „Wanderer

---

[76] Von dem Schicksal des Kindes ist nichts bekannt. Hedwig Rother taucht in einer Heimatkartei der Schlesier auf und zwar mit einer polmischen(!) Adresse in Glatz. Vater Erich hatte offenbar nach ihr im Jahr 1954 gefahndet.

zwischen beiden Welten" mystisch-religiös erhöht. Damit war der Weg in die von den Nationalsozialisten geplante Militarisierung der Gesellschaft und der Jugend gebahnt[77], und für Vater Erich bedeutete es eben keinen Entwicklungsbruch, im Mai 1933 Führer des Jungvolks in der HJ in Trebnitz zu werden. Zudem war er offenbar so wie viele Gleichaltrige von dem Eliteanspruch der SS[78] beeindruckt, so dass er am 1. November des gleichen Jahres seine Aufnahme in die SS beantragte. Sicher, wie es meine Mutter später einmal sagte, stach ihm auch die schwarze Uniform mit den silbernen Aufsätzen [von Hugo Boß entworfen!] in die Augen[79]. Auf einer Radtour im Sommer 1955, wir schoben unsere Räder gerade in Kassel zum Herkules hinauf, erzählte er mir, wie er beim sogenannten Röhmputsch am 30. Juni 1934, also knapp zwei Monate nach seiner Aufnahme an Hitlers Geburtstag am 20. April 1934 in den neuen „Orden", von der für ihn zuständigen SS-Sektion[80] zum Einsatz kommandiert worden war, allerdings ging der Kelch an ihm vorüber, mit der Waffe tätig zu werden. Dieses Erlebnis hatte ihn, wie er sagte, das Fürchten vor der SS gelehrt, denn er muß einiges gesehen und mitbekommen haben, was sein Erschrecken erklärt. Zunächst leistete er noch am 2. August 1934 den Eid auf Adolf Hitler, und zwar als SS-Mann.[81]

---

[77] Arno Klönne: Jugend im Dritten Reich, S.125: Zusammenfassend: Die bürgerliche deutsche Jugendbewegung bis 1933 war in ihrem politischen Denkweisen oder Gefühlswelten überwiegend so weit in der Nähe des Nationalsozialismus, daß sie sich 1933 als Teil der „nationalen Erhebung" verstehen konnte.

[78] Als Aufgabe der SS bestimmte Hitler am 7. November 1930 ausdrücklich den Polizeidienst innerhalb der Partei. Um sie schlagkräftiger zu machen, wurden die SS-Einheiten in jedem Ort in Sektionen zu je drei bis fünf Männern unterteilt, deren Einsatzbereitschaft und Beweglichkeit vom jeweiligen Führer laufend kontrolliert wurde.

[79] Im Jahr 1932 hatte die Firma Hugo Boss von der NSDAP den Auftrag, für ihre „Kampforganisationen" standardisierte, einheitliche Uniformen herzustellen. - Jeder SS-Angehörige war verpflichtet, sich privat zwei Exemplare der schwarzen Uniform zuzulegen. Die eine wurde zum regelmäßigen „SS-Dienst" getragen, die andere musste für Paraden und Aufmärsche aufgehoben werden.
Eine schicke Uniform war für ihn wichtig. So heißt es in einem Brief an seinen Bruder Reinhard vom 14. Juli 1941: Bei den Anforderungen, die diese Tage stellen, habe ich die Uniformfrage beinahe vergessen, trotzdem ich später Wert auf eine gute Montur lege."

[80] Die Allgemeine SS blieb weiterhin eine Organisation des Vereinsrechtes, deren Mitglieder (bis auf ca. 100.000 hauptberuflicher SS-Führer) überwiegend nur aus Berufstätigen bestand, die ihren Dienst in der SS freiwillig und unentgeltlich nach Feierabend versahen.

Durch den Wehrdienst und den späteren Dienst für die HJ konnte er sich dann einem weiteren aktiven Einsatz entziehen. Allerdings zeigt eine Äußerung aus dem Jahr 1942, daß die Verbindung zu dieser Organisation nicht vollständig abgebrochen war[82].

Er war wohl auf seine Weise obrigkeitsgläubig und unkritisch ins NS-Gedankengut hineingekommen und noch nach dem Kriege, von meiner Mutter scharf kritisiert, sprach er etwa in der Sprachregelung der Nationalsozialisten von der Brechung der Zinsknechtschaft[83]. 1941 heißt es in einem Brief: „Wir kämpfen für eine neue Ordnung und jeder verbindet mit diesem Begriff andere Vorstellungen[84]." Seine damaligen persönlichen Vorstellungen kommen vielleicht am deutlichsten in seinem Lebenslauf vom 28. September 1944 zum Ausdruck: „Es war die schönste Aufgabe ... die Liebe und Begeisterung für unser Volk und unseren Führer in den Herzen der Jungen zu wecken", also jugendbewegtes Tun im Dienst des Führers.

Auch der Krieg übte zunächst eine große Faszination aus, und er zweifelte anfangs nicht an der Möglichkeit eines Sieges[85]. Später hieß es, er hätte nicht an einen Sieg geglaubt. Er war als Soldat ehrgeizig[86], aber zweifelte

---

[81] Vgl. BDC RS Müller, Erich 07.01.1911: SS-Stammkarte, verso: „Vereidigt 2.8.1934." An diesem Tage war übrigens auch die gesamte Wehrmacht auf Hitler vereidigt worden. Vater Erich trat seinen Wehrdienst laut Soldbuch jedoch erst am 1.November 1935 an.

[82] 17.6.42: „Auch die SS gibt mir Aussichten. ... am stärksten zu meinem ursprünglichen Beruf hingezogen ..."

[83] Zinsknechtschaft (englisch: „Interest bondage") und die Forderung nach „Brechung der Zinsknechtschaft" sind wirtschaftspolitische Schlagworte in Anlehnung an den historischen Begriff der Schuldknechtschaft, die besonders in der nationalsozialistischen Ideologie zum Zwecke der Zinskritik Verwendung fanden und auch heute in zahlreichen Veröffentlichungen von Rechtsextremisten erscheinen.

[84] Brief an Reinhard vom 23.5.1941.

[85] Vgl. etwa den Brief an Reinhard vom 14.7.1941: „Wir müssen vor dem Herbst den Krieg mit Rußland beendet haben."

[86] Brief an Reinhard vom 17.6.1942: „Es ist mir also die Gelegenheit gegeben, meine Eignung zum Offizier zu erweisen, und ich bin entschlossen, diese Forderung jetzt allen anderen voranzustellen."

gleichzeitig an einer militärischen Karriere[87], doch glaubte er, er müsse seinen Bruder für den Krieg gewinnen[88].

Abb. 43 Familientreffen nach dem Krieg (Großeltern Müller rechts)

Wieweit brach für ihn mit dem Kriegsende am 8. Mai 1945, mit der Vertreibung aus der Heimat eine Welt zusammen? Wir wissen nicht, wieweit sich ein innerer Wandel vollzog. Vielleicht müssen wir ihn uns gar nicht so radikal vorstellen, denn er hat später nie den Eindruck vermittelt, daß er etwas zu verbergen, etwas zu verdrängen hätte[89]. In was er als Pfadfinder in den 20er Jahren hineinwuchs, was er in den 30iger als Lehrer und

---

[87] Brief vom 28. 3.1942: "Ich bin froh, daß es mir bei meinen geringen Fähigkeiten möglich war, mich durch das Kriegerleben zu schlagen und will es noch nicht aufgeben, trotzdem ich darin nicht meine Lebensaufgabe finde."

[88] Brief an seinen Bruder Reinhard vom 14. Juli 1941: „... Wirf alles beiseite und komm!." Von meinen Onkel Georg weiß ich, daß ein Freund meines Vaters Martin, ein Lehrer Fleischer, ihn wohl auch zum Einsatz im Krieg überredete, mit den bekannten tragischen Folgen.

[89] Ich erinnere mich an Gespräche mit dem damaligen Westerlinder Pfarrer Erich Berndt, der wohl in der SS war, und viele NS-Tatbestände leugnete. Es gab immer wieder heiße Diskussionen. Leider erinnere mich an die genauen Themen nicht mehr.

Jungvolkführer praktizierte, hat auch nach dem Kriege seinen Lebensinhalt bestimmt: Musik mit Jugendlichen, Fahrten mit den eigenen Kindern und den Schulkindern und ein lebenslanges Lernen im Bereich der Sprachen und der Mathematik. Schon etwa sechs Wochen nach seiner Niederlassung im westlichen Mattierzoll wußte er von dem für ihn erforderlichen Entnazifizierungsverfahren, dessen Dauer er auf 3-5 Monate veranschlagte[90]. Das war ein folgenschwerer Irrtum, denn das Verfahren wurde in der britischen Besatzungszone erst nach und nach formal ausgestaltet,[91] und die entscheidende Verordnung lag am 3. Juli 1948 vor. Schon einen Monat später legte er den ausgefüllten Fragebogen dem Entnazifizierungs-Hauptausschuß in Wolfenbüttel vor und wurde mit Bescheid vom 5. 1. 1949 in die Kategorie IV,[92] auf einen weiteren Antrag hin am 2. Februar 1950 in die Kategorie V eingestuft[93].

Über die weitere Verarbeitung seiner Verstrickung in den Nationalsozialismus haben wir kaum Zeugnisse. Ganz sicher hat er sich mit der Zeit permanent während seines späteren Lebens auseinandergesetzt, wie die entsprechende Lektüre einschlägiger Werke zeigt (Haffner Schulenburg,

---

[90] Brief an Reinhard vom 18. August 1946: „Meine Wiedereinstellung als Lehrer ist erst nach Überprüfung eines ausführlichen Fragebogens möglich, was 3-5 Monate in Anspruch nimmt." Brief vom 28. 3. 1947: „Ich könnte sofort [in einer Schule in Brunsbüttelkoog] eintreten, sobald ich meine Zulassung durch die Militärregierung habe."

[91] Im April 1947 hatten die Alliierten die Übergabe der Entnazifizierung an die Deutschen beschlossen. Vorab forderten die Briten, dass eine gewählte Regierung gebildet und ihre Entnazifizierungspolitik durch ein Rahmengesetz in der Gesetzgebung der Länder verankert wurde. Doch von deutscher Seite wurden andere Anforderungen an eine gerechte Lösung gestellt. Nachdem die Debatte über Ziele und Wege der Entnazifizierung zu einem innerdeutschen Politikum geworden war, fand nur das Schleswig-Holsteiner Gesetz die britische Zustimmung, in Nordrhein-Westfalen und Niedersachsen musste die Entnazifizierung auf dem ministeriellen Verordnungsweg zu Ende geführt werden. Diese Verordnung erfolgte erst am 3. Juli 1948.

[92] Kategorie IV (Mitläufer). Im Bescheid heißt es: „Eine Entlastungs-Einstufung kann nicht erfolgen, da der Betroffene Angehöriger einer durch das Internationale Militärgericht für verbrecherisch erklärten Organisation war (Allgemeine-SS)."

[93] Gemäß § 2ff. der Verordnung über Aufhebung der erneuten Überprüfung der Entnazifizierungsentscheidungen vom 30. Juni 1949. Vgl. Anikó Szabó: Vertreibung, Rückkehr, Wiedergutmachung, 2000, S. 291: Durch die Verordnung vom 30. Juni 1949 fielen Personen der Kategorien IV automatisch als Entlastete in Kategorie V, wenn ihr Bescheid ein Jahr alt, die Entscheidung also unter der deutschen Gerichtsbarkeit gefallen war.

Fest). Auch von der Absicht, darüber Rechenschaft abzulegen, wissen wir[94]. Daß er und seine Generation schuldig geworden sind, hat er betont und wollte einen leider nicht mehr ausgeführten Bericht als eine Lebensbeichte aufgefaßt wissen[95]. Im Rückblick auf sein langes Leben zieht er eine positive Bilanz: „In der Zeit des Krieges und der Nachkriegszeit schien es oft, als solle der Höllenschlund mich verschlingen. Aber die Gnade Gottes hat mich verschont. Besonders seit meiner Verheiratung mit meiner lieben Edith gründeten sich neue Hoffnungen. Ich konnte meine Berufsarbeit wieder aufnehmen und erfuhr das Glück, unsere vier Kinder heranwachsen zu sehen"[96].

---

[94] Gerhard Erich Müller: Lebensberichte, S. 1: „Über die Begegnung mit dem Nationalsozialismus, dem später kein Deutscher entgehen konnte, werden längere Ausführungen folgen."

[95] Gerhard Erich Müller: Lebensberichte, S. 1: „Daß wir es versäumten, rechtzeitig den furchtbaren Niedergang zu verhindern, muß uns zum Vorwurf gemacht werden. Unsere Berichte über diese Zeit müssen eine Lebensbeichte enthalten.

[96] „Lebensberichte" (30. 8. 1990).

TEIL II

Neuanfang

Einsetzen der eigenen Erinnerung und Neuanfang

Helmar erzählt:

Wer im Niedersächsischen Staatsarchiv die vielen[97] Personallisten durchblättert, auf denen vom Frühjahr bis Herbst 1946 über 533 301 Namen von vertriebenen Schlesiern aufgeführt sind, der fragt sich unwillkürlich, welch ungewisse Zukunft bar jeden Besitzes sie erwartete und welch schreckliches Geschehen sich hinter dieser Riesenzahl von Namen verbirgt[98]. Die über eine halbe Million machten zumeist über eine Nacht Station im Lager Mariental bei Helmstedt, um dann weiteren Transport in vorbereitete Orte in Westdeutschland anzutreten. Jeder Name ein individuelles Schicksal. Ich will auf den folgenden Seiten an Hand der eigenen Herkunft und der eigenen Biographie aufzeichnen, wie es mir ergangen ist, dessen Name ebenfalls in diesen Listen steht. Glück im Unglück habe ich in vielfältiger Weise erfahren, daher stehen diese Worte über dieser Darstellung: man muss nur inmitten von Übeln das unvollkommene Glück erkennen: das »Glück im Unglück« (Odo Marquard)[99].

Was schält sich also aus der frühesten Kindheit heraus? Wann setzt die bewusste Erinnerung ein [*nach der Phase postnataler Amnäsie*]? Ihre chronologische Einordnung gelingt natürlich durch Befragen der Eltern und Großeltern, der Tanten und Onkel[100]. Und es entsteht von der frühesten Zeit

---

[97] Vgl. BDC RS Müller, Erich 07.01.1911: Lebenslauf.

[98] Die Monstrosität des Vertreibungsgeschehens und –verbrechens muß natürlich immer auf der Folie der Vernichtungspolitik gegen Juden und Polen und des verbrecherischen Ostkrieges gesehen werden. Im Vergleich wird das deutsche Vorgehen immer als das schrecklichere erscheinen. Sicherlich wäre es ungerecht, wenn ein Volk, überfallen von zwei Räubern, zusätzlich noch alle Kosten dafür zahlen sollte. Die Wahl eines Auswegs, der, wie es scheint, eine geringere Ungerechtigkeit ist, die Wahl des kleineren Übels darf dennoch nicht unempfindlich machen gegen sittliche Probleme. … Der Grundsatz geringerer Ungerechtigkeit, die Notwendigkeit, das Leben für Millionen Polen einzurichten, die zwangsweise ihre Heimat in den Ostgebieten der Zweiten Republik verlassen mußten, ist im übrigen die einzige Rechtfertigung für das, was geschehen ist (zitiert nach Władysław Bartoszewski: Aus der Geschichte lernen?, München 1986, S. 340-341).

[99] Odo Marquard: *Glück im Unglück* (München, 1995).

[100] Dazu kam, daß meine frühen Jahre in einer stark weiblich geprägten Umgebung stattfanden, in der gern „von früher" erzählt wurde. (Männlicher Einfluß auf mein Leben war immer

ein Bild, in dem bewusste Erinnerung und durch Erzählung der Verwandten gestützte ineinander übergehen. Und es ist nicht mehr zu klären, wo die Grenze verläuft, manches bleibt also undeutlich.

Natürlich kannte ich die Geschichte von dem auf dem Schornstein des Härtelschen Hauses in Pirschen am Tage meiner Geburt in einer Breslauer Klinik sitzenden Storch nur aus Erzählungen, genauso von den Straßenbahnfahrten meiner Mutter in Breslau, die sie zur Geburtsbeförderung auf Anraten der Ärzte unternahm.

So etwas habe ich von meinen damals zusammenlebenden Großmüttern gehört, wobei die farbigen Geschichten von der Härteloma besonders gern gehört wurden, vom [*Gustav*] Schüttler-Schneider, der als Parteimitglied schnell damit drohte, jemanden anzuzeigen, von jener Frau, die den von ihrem Kleinkind auf den Eßtisch praktizierten Schiß mit einer souveränen Geste heruntterwischte. „Es ist doch nur von meinem Kinde". Wie schade, daß ich von diesen Geschichten nicht mehr aufgeschrieben habe. Wie die gute Oma etwa das naß gewordene Militärkäppi ihres vom Militärdienst urlaubenden Sohnes Georg fürsorglich in das gußeiserne Wärmefach des Kachelofen zum Trocknen legte. Als sie das Fach dann später öffnete, war das Käppi merkwürdig klein geworden, und beim Berühren zerfiel es zu Asche. Sie war mit einer nervösen Konstitution gesegnet, die immer wieder Schlafprobleme zur Folge hatten: man berichtet, dass sie eine Einliterflasche Baldrian im Nachtschrank stehen hatte. Ihre Mutter war da von anderer Statur. Die mit dem markigen Schlachtruf in die Familiengeschichte eingegangen ist: „Der Kurchel [*Churchill*], wenn ich den erwische!"

Früheste unbewußt und passiv erlebte Begebenheiten: Meine erste Reise mit ca. 4 bis 5 Monaten im Herbst 1942 in einer Einkaufstasche von Pirschen nach Rebberlah in der Lüneburger Heide über Berlin Halensee, Bornstädter Straße 8 (Familie Roebsch). Dort in Rebberlah blieb meine Mutter mit mir über den Winter. Norgard Harborth, ebenfalls Witwe geworden mit drei kleinen Kindern leitete die Schule des Ortes. Rebberlah als Ort, um Trauer und Schmerz vergessen zu machen. Rebberlah als später Anlaufort für Vertriebene und Flüchtende.

---

etwas schwächer ausgeprägt, und wenn Männer Einfluß ausübten, so waren sie zumeist recht sensibel (Heimpel). Die weniger Sensiblen gab es natürlich auch (Erich).

Frühe Bilder der Erinnerung

Sicherlich kann die erste Erinnerung kaum Dackel Fips gelten, mit dem ich im Sandkasten in Pirschen abgebildet bin, denn das Photo stammt aus dem Sommer 1944. Ich verwechsele die Dackelerinnerung sicherlich mit dem mir im Bewußtsein noch gut verorteten Spielzeugdackel, der dreigeteilt mit beweglichen Teilen auf Rädern hinter sich herzuziehen war.

Abb. 44 Helmar mit Dackel Fips

Noch undeutlicher die Erinnerung an die Tochter des Lehrers Gnörich Ute, mit der ich laut erhaltenem Bild als Einjähriger Kontakt hatte.
Angeregt vom Blick auf die schneebedeckten Kiefern im Garten am Roseggerweg 38 in Wolfenbüttel [*mein heutiger Wohnort*] kommt die Erinnerung an jene schöne Gebirgslandschaft um Friedland in den Sinn. Nur

dort habe ich zuerst diese Bäume mit ihren wunderschönen Zweigen, ihren nach oben sich verjüngenden Stamm erlebt. Diese Bäume können in mir noch heute spontan die Assoziation an die ganz frühe Kindheit wecken. Es gibt ja ein Bild in dem Vater Erich mit mir durch einen Fichtenwald wandert. Es war in der Kolberei, einem kleinen Waldgebiet bei Friedland, ich denke im September 1944.

Noch einmal Rebberlah. Es war der Ort, wohin es eigentlich auch im Februar 1945 zur Sicherheit vor der mit Macht nach Schlesien hineindrängenden Russen gehen sollte, die seit Anfang 1945 ihre Großoffensive gestartet hatten und Anfang Februar in Pirschen erschienen. Meine Mutter sollte sich mit mir nach Westen in Sicherheit bringen. Sie brach jene Reise aber in Görlitz angesichts der überfüllten Züge ab und tauchte zum Entsetzen der dort verbliebenen Verwandten wieder in Friedland auf. Es war jedoch nachträglich eine weise Entscheidung, denn, wie später festgestellt werden konnte, wären wir in den Dresdener Feuersturm vom 13. und 14. Februar hineingeraten. Rebberlah ist übrigens dann auch Zwischenstation für die Familie Rabien 1945 auf der Flucht vor den Russen in den Westen geworden. Von dieser Reise ist mir noch deutlich das Bild von dem dunklen Eisenbahnabteil im Gedächtnis, in dem meine Mutter, wie sie später erzählte, erstmals von Auschwitz hörte.

Das nächste im Gedächtnis haftengebliebene Bild: Spaziergang mit meiner Mutter im verschneiten Wald bei Friedland[101] Anfang März 1945, und aus der fernen Ebene Kanonendonner der herannahenden, genauer gesagt, der vorbeiziehenden, nämlich Richtung Berlin gehenden Front.

Dann das Bild von im Straßengraben liegenden toten Pferden, die ich auf einem Marsch zu Gesicht bekam. Kein Erwachsener konnte mir später dieses Bild verifizieren. Wann war das und wo war das?

Unvergesslich auch das Bild von der Flucht vor den heranrückenden russischen Truppen in Richtung Grenze nach Merkelsdorf jenseits der alten deutsch-böhmischen Grenze am 9. Mai 1945, einem wunderschönen Maitag: blauer Himmel auf einer sich durch einen links von bewaldeten Hügeln gesäumter Weg. Russische Panzer überholen die marschierende Menschen-

---

[101] Friedland (poln. Mieroszów), Kreis Waldenburg, Bezirk Breslau, 16 km südwestlich der Kreisstadt Waldenburg, am Ufer der Steine in unmittelbarer Nähe der Landesgrenze. Gründung um 1250 "Markt Fredeland". Stadtrecht wahrscheinlich 1325. Gebirgslandwirtschaft, Handwerk, holzverarbeitende Betriebe, Leinenweberei, Grenzverkehr nach Böhmen. Im 2.Weltkrieg nicht zerstört, jedoch nach dem Kriege verfallen. Die Häuser am Ring hat man jetzt wieder schön hergerichtet. Auch sonst werden mit Mühe nur einzelne Häuser restauriert.

kolonne. Sie stoppten das ganze Fluchtunternehmen und ließen es sinnlos erscheinen [102]. Den Flüchtenden war nicht bewusst, dass sie so vor den sich in der ‚Tschechei' abspielenden Racheakten an den Deutschen bewahrt wurden[103]. Ein gnädiges Schicksal hat sie in Gestalt der überholenden Russen vor den Rachedurstigen bewahrt. Erinnerlich ist mir auch, daß mir nach dem Einmarsch der Russen eingeschärft wurde, daß der Heil Hitler-Gruß dieselbe Qualität wie das Wort „Scheiße" habe und entsprechend fortan strengstens verboten sei, diese drei Wörter in den Mund zu nehmen. Zum Schrecken der Eltern hatte ich doch die einrückenden Russen mit „Heil Hitler" begrüßt.

Die zweite Hälfte des Jahres 1945 bleibt undeutlich: ich sehe mich noch, wie ich in einem am Fahrradlenker hängenden Korb, ein andermal in einer Sportkarre durch die Straßen gefahren werde. Wohl unmittelbar nach dem Einmarsch der Russen war diesen eine bestimmte Frist zum Plündern eingeräumt worden, was auch mit Übergriffen auf Frauen einherging. Meine Mutter versteckte sich mit mir auf dem Dachboden an einer Stelle, wo wir nur liegen konnten und gebot mir strengstes Schweigen, während Vater Erich seine während des Rußlandfeldzuges erworbenen Sprachkenntnisse einsetzte. Er fing die Russen im Hausflur ab, trank mit ihnen und erfreute sie mit seinem Russisch. So bewahrte er meine Mutter vor dem Schicksal der jungen Mädchen aus dem Nachbarhaus, die aus dem Fenster sprangen und sich dabei die Beine brachen.

Überhaupt war es wichtig unter den Russen und später unter den eindringenden Polen Freundschaften aufzubauen. Was mag aus Julia geworden sein, der Tochter des russischen Kommandanten, mit der ich spielte, wäh-

---

[102] Im Brief an Reinhard (Raden, den 23. 6. 1946) beschreibt Opa Oskar Müller den Vorgang etwas anders: „Erich war mit Frau u Kind bis nach Merkelsdorf gefahren, wo der ganze Troß überholt wurde und kehrte gegen 22 Uhr zurück."

[103] Brief (wie Anm.102): Unsere Postangehörigen Lück, Feige, Mücke usw. hatten das ‚Glück im Postauto nach der Tschechei zufahren wo ihnen sämtliche Habe geraubt, und nach 14tägiger Abwesenheit sie zu Fuß in die geplünderten Wohnungen zurückkehrten." Vgl. auch Erich Spiske, Unsere Heimatstadt Friedland vor 1945, in Waldenburger Heimatbote 1989 (http://www.boehm-chronik.com/stadtfriedland/friedlandbeschreibung.htm): Am Paketschalter taten die Beamten FRANZ Fritz, LÜCK Paul, HERRMANN Reinhold Dienst. Hier ging es heiß her, wenn die Firmen auflieferten. Die Großauflieferer hatten ihre festen Tage, die von den übrigen Paketaufliefern respektiert wurden. Im Briefabgang und der Paketzustellung waren die Beamten MÜLLER Oskar, SCHOLZ, Hugo, HENTSCHEL Alfred tätig. Diese sechs Beamten versahen auch abwechselnd die Paketzustellung und den Nachtdienst.

rend meine Mutter bei dessen Frau, einer russischen Ärztin, Klavierunterricht gegen dringend benötigte Nahrungsmittel gab?

Die Zugangserlaubnis zur russischen Kaserne, die am 3. Oktober auf Erich Müller ausgestellt worden ist, liegt noch vor. Es war der Pole Stefan, der die Familie davor warnte, dem Aufruf der Behörden zu folgen und sich an einem Sonntagvormittag wohl im August auf dem Marktplatz einzufinden, stattdessen sich zu verstecken. So blieb uns ein mehrtägiger Marsch erspart, der dann mit der Mitteilung an die erschöpften Männer, Frauen und Kinder des Zuges endete: „Alle dürfen nun wieder nach Hause gehen, dies war ein Hitlergedächtnismarsch!" Stefan war es auch, der meine Mutter tröstete, als sie das zu erwartende Vertreibungsschicksal beklagte und nach Mitteln und Wegen suchte, doch in der Heimat bleiben zu können. Stefan sagte: „Frau Müller, es ist besser, wenn Sie gehen. Sie haben hier keine Zukunft.".

Oft kam es schlimmer. Nicht nur durften die Deutschen nicht mehr auf den Gehwegen der Straßen laufen. Sie waren auch nicht mehr sicher davor, daß sie einfach von der Straße weg zu irgendwelchen Zwangsmaßnahmen verdonnert wurden. Meine Mutter etwa wurde von einem Polen zum mehrstündigen Reinigen des Treppenhauses mit unzureichenden Reinigungsmitteln befohlen, ohne daß einer zu Hause wußte, wo sie geblieben war. Oder als Vater Erich verhaftet wurde. Es ist mir nicht mehr erinnerlich, ob das geschah, als Polen auf dem Dachboden seine SS-Uniform mit dazugehörigen Waffen fanden, die der in vieler Hinsicht recht schlicht denkende Opa Oskar wegen ihres wertvollen Stoffes nicht beseitigt hatte. Waffenbesitz war strengstens verboten. Vater Erich wurde in Waldenburg einem mehrtägigen Verhör unterzogen, wobei er gefoltert wurde. Er wurde so zusammengeschlagen, daß ihm der linke Ringfinger gebrochen wurde. Sein fortan charkteristisch krummer Finger erinnerte zeitlebens an diese Schreckenstage.

Als man ihn dann entließ, wartete die nächste Gemeinheit auf ihn. Kaum auf der Straße drängte sich ein jüngerer Pole an ihn heran, griff in seine Hosentasche und beim Herausziehen öffnete er die Hand und präsentierte darin Munition. Mir ist nicht mehr erinnerlich, wie diese Schikane abgewehrt worden ist. Meine Mutter erinnerte auch daran, wie sie mit Vater Erich von einem polnischen Milizsoldaten in einen Wald abgeführt wurde. Sie fürchtete erschossen zu werden, während der Pole immer wieder versicherte, sie brauche keine Angst zu haben.

Gern wurde immer wieder von einem Mißgeschick Opa Oskars erzählt. Wie immer hatte er auch in der Polenzeit beizeiten begonnen, im Wald Holz für den Winter zu sammeln und eine große Holzdimme aufgeschichtet, die er mit Schild „Müller" versehen hatte. Am nächsten Tag war alles gestohlen. So etwas hatte er noch nie erlebt, und so wurde auch ihm auf drastische Weise vermittelt, daß eine andere Zeit Einzug gehalten hatte.

Die Geschichte von meinem Abgleiten in den Fluß Steine, aus dem ich nicht mehr ohne fremde Hilfe herauskam. Der Ärger darüber, daß ein Mädchen, das mit mir am Flußufer gespielt hatte, mir nicht half, aus dem Wasser herauszukommen. Ich stand zu tief drin, und das Ufer war zu hoch, so daß ich es nicht erklimmen konnte und immer wieder ins Wasser zurückrutschte. Meine Spielkameradin rief stattdessen meine Eltern, die mich dann herauszogen. Meine Mutter sagte, daß die Spielkameradin es richtig gemacht hätte, da die Steine ein nicht ungefährliches Gewässer war. In diese Zeit fallen schlesische Kosenamen für mich wie ‚Männlein' (Vater Erich?), ‚Spatzel' (Tante Lenchen), manches, was ich tat, wurde für „spickig" (Opa Müller) befunden[104].

Noch im Winter wohnten wir bei den Großeltern am Göhlenauer Kirchsteg 2a, heute Mieroszow, ul. Wieyska 2a[105], auf der Karte von

---

[104] Schlesische Nachrichten, Nummer 13/2005: Hand aufs Herz, liebe schlesische Landsleute, wann haben Sie zuletzt von einer lustigen Sache gesagt, sie sei „spickig"? Unter einer „Pampe" kann sich wohl auch der Nicht-Schlesier etwas vorstellen, auch „Schnicke" wird er mal bekommen... haben, aber was ist ein „Räudel"? ... haben noch mit „Böhm" und „Sechser" beim Kaufmann Karamellbonbons erworben und uns mit „ab trimo" auf den Weg zur Schule schickenlassen. ...der Ring, zu dem Max mit Muttel oder Großel zum Einkaufen auf den Markt geht, (*Sigismund Freiherr v. Zedlitz, Berlin*).

Helmut Nitzsche: Die Ufabank: Oam Kachelufa ganz entlang/do stoand die aale Ufabank./Dervor a bunter Vorhang hing./Die Banke woar a praktisch Ding./Die Teppe, wie die eiser'n Pfoanna,/die foanda Ploatz durt wie die Koanna./Ma soag doas Zeug ne, doas woar kloar,/weil oalles hingerm Vorhang woar./Doch uf dar Bank, dam woarma Platzla,/do soassa Oma und doas Katzla./Besondersch wenn doas Waater schlecht,/woar beeda dieser Ploatz siehr recht./Die Oma warmte sich a Ricka/und toat durt ganne Strimpe stricka./Und dernaba ihre Koatze/bewegt' doas Wullkneul mit dar Toatze./Die Ufabanke woar a Ding,/oan dam derheeme jeder hing./Fier ihre Dienste soag ich danke/inserer ala Ufabanke./Oals ich die Heimat hoab besucht,/do hoab ich au oan sie geducht./Oals ich ei insrer Kiche stoand,/die Ufabanke nimme foand./Die Koatze is schunt lange tuut,/die Oma uf dam Karchhof ruht./Weil sich verändert hoat die Welt,/ma die Erinn'rung gern behält. von Helmut Nitzsche

[105] Vgl. die polnische Straßenbezeichnung auf der polnischen Registrierungsbescheinigung von Vater Erich, ausgestellt im September 1945.

Googlemaps gut zu erkennen: zwei Häuserblöcke vor der Steine. Bleibendes Erlebnis war der Diebstahl des mir wunderschön erscheinenden Vogelhäuschens - es steht mir noch heute vor Augen - durch polnische Jungen. Es war von einem Fenster der großelterlichen Wohnung aus gut im Schnee zu sehen gewesen. Plötzlich war es verschwunden. Und mir verdichtete sich aus den Worten der Erwachsenen das Gefühl, daß gegen diesen Diebstahl nichts auszurichten war. Das Revier gehörte den Polen.

Der kurze Besuch im polnischen Kindergarten wurde dann schnell beendet, weil ich die Krätze bekam. Das hatte zur Folge, daß ich mit einer schmerzenden Salbe behandelt wurde, die mich in der mit einer Galerie versehenen Wohnung immer auf die Flucht vor der Salbenbehandlung auf die Galerie trieb. Bleibendes Ergebnis des Besuchs im polnischen Kindergarten die mir noch heute geläufige Frage: *Co to jest? (Was ist das?)*

Deutlich vor Augen die Wohnung der Großeltern am Göhlenauer Kirchsteg. Dann wohl aber ab 13. April die Wohnung in der Nähe des Marktplatzes über einem Torbogen, durch den man auf einem abschüssigen Weg zur Steine kam. Meine Mutter pflegte von einem Fenster oberhalb des Torbogens Reifen zu werfen, die dann auf dem abschüssigen Weg hinunterrollten, und ich versuchte sie immer zu fangen.

Zu meinem letzten Geburtstag in Friedland am 28. Mai 1946 war Oma Erdmann mit Nahrungsmitteln schwerbepackt auf beschwerlichen Wegen von Pirschen gekommen. Ob sie die kleine Miniatureisenbahn aus Holz mitgebracht hatte, mit der ich dann auf dem sonnenbeschienenen Brett des nach Osten gehenden Fensters spielte? Wenige Tage später am folgenden Pfingstsonntag kam die Vertreibung. Aber darüber später.

Von einer bemerkenswerten Existenz im angrenzenden Raspenau wurde gelegentlich erzählt. Es war der Bildhauer Dubois, der sich dort ein Haus direkt an einem Felsen so gebaut hatte, dass er in den Felsen auch ein Versteck für seine Wertsachen einbaute. Als nun Russen und Polen kamen, gelang es ihm nur zeitweise das Versteck geheim zu halten. Jedenfalls suchte ihn Vater Erich gelegentlich auf und wurde wohl für bestimmte Gefälligkeiten entlohnt[106].

---

[106] Richter, Henry (Dr. sc. pol.); Bildhauer, Steinmetz; *1911 Berlin; lebt in Murnau, Hauptmann-Bauer-Weg 1; ... Ausbildung als Bildhauer ... in Raspenau/Niederschlesien bei Dubois.

Abb. 45 (oben) Friedland, Ring mit Rathaus und den beiden Kirchen um ca. 1930 (Photo: gemeinfrei), (unten) Friedland, Ring mit Rathaus 2003

Ausweisung[107] – Aktion „Schwalbe"[108]

9. Juni 1946 Pfingstsonntag: Meine Mutter in Erwartung eines ungestörten Feiertages hatte ein besonderes Fleischgericht zubereitet, in dieser Zeit etwas Besonderes. Wir saßen am Mittagstisch, als es an der Tür klopfte und ein Pole den schon seit längerem, aber natürlich nicht an Pfingsten erwarteten Vertreibungsbeschluss mitteilte: „Die Familie hätte binnen kürzester Zeit zum Abtransport bereit zu sein." Damit begann auch für unsere Familie die Aktion „Schwalbe"[109] [*in ihrem Lebensbericht auf S. 42 erzählt Maria Erdmann über die Vertreibung aus ihrer Sicht*]. Dabei waren allerdings Oma und Opa Müller schon an Himmelfahrt, also am 30. Mai, ausgewiesen worden[110].

---

[107] Mit der Ausweisung der Deutschen aus dem vor mehr als 600 Jahren besiedelten Gebieten traf die ostdeutschen Menschen ein Schicksal, das nur einige Jahre früher den jüdischen Mitbürgern widerfahren war, allerdings in noch grausamerer Form und mit dem Ziel der Vernichtung. Wie für die jüdischen Bürger waren für die jenseits der Oder und Neiße lebenden Deutschen die Menschrechte nicht mehr einklagbar.

[108] Rolf Volkmann, Das Flüchtlingslager Mariental (1945 - 1947) und die Vertriebenentransporte aus Schlesien (1946 - 1947), Grasleben 1997, S. 119: „ ... im Rahmen der Aktion Schwalbe, die nicht nur Mariental betraf, wurden 1360000 Vertriebene in die britische Zone verfrachtet, in Güterzügen mit 55 Wagen und 1500 bis 2000 Personen. Die Zahl der durch das Lager Mariental betreuten Schwalbe-Transporte beträgt nach offiziellen Angaben 533 301 Personen S. 138: Im Juni 1946 kamen 15 Transporte aus Waldenburg in Mariental an, (S. 139) jeder mit 1600 bis 1800 Personen ... Der Gesundheitszustand der Flüchtlinge war gut, der seelische Zustand infolge der Drangsalierung schlecht.

[109] Vgl. http://www.deutsche-und polen.de/ereignisse/ereignis_jsp/key=die_vertreibung_der_ deutschen_1945.html: Zwar einigt man sich in Potsdam grundsätzlich auf einen „Bevölkerungsaustausch" als Mittel der politischen Konfliktlösung, doch soll es dabei nach dem Willen der Siegermächte ordnungsgemäß und human" zugehen. Am 14. Februar 1946 wurde ein Abkommen zwischen dem britischen und polnischen Vertreter beim Combined Repatriation Executive über die Aussiedlung der deutschen Bevölkerung aus laut Abmachung zwischen der britischen Rhein-Armee und den polnischen Behörden geschlossem mit einer genauen Regelung des Ablaufs der Transporte.Zehn Tage später traf der erste Transport der Aktion „Schwalbe" („Swallow"), ausgehend vom Bahnhof Kohlfurt (Kalawsk) in Mariental ein. Brief an Reinhard von Oma und Opa Müller, Raden, den 6. 6. 1946: „... [Opa] Seit Himmelfahrt sind wir unterwegs und landeten in der Grafschaft Schaumburg. ... [Oma] Am 1. Mai fing die Aussiedlung an, in erster Reihe waren die Bauern dran ..."

[110] Ihr Transport, es war der 213, traf am 4. Juni um 16. 30 Uhr in Mariental ein und sie wurden am darauffolgenden Tag um 8.00 Uhr abgefertigt wurde, nach „Schaumburg" abge-

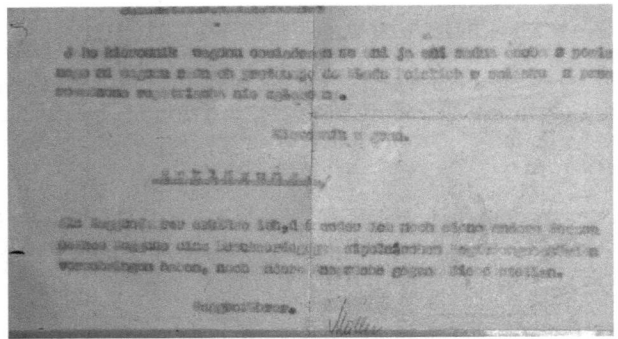

Abb. 46 (oben) Transportschein vom 9. Juni 1946 für Wagon Nr. 9; (unten) Transkription: Diese lautet „Als Waggonführer erkläre ich, daß weder ich noch eine andere Person dieses Waggons eine Beschwerde gegen polnische Regierungsbehörden vorzubringen haben, noch andere Ansprüche gegen diese stellen. Waggonführer gez. Müller"

fertigt. In ihrem Zug waren es 1500 Ausgewiesene, 363 Männer, 743 Frauen und 388 Kinder. Vgl. Wolfenbüttel Nieders. Staatsarchiv 128 Neu Fb. 3, Nr. 282: 94N 1175, Bl. 11r Nr. 74 (Müller, Oskar Postass. Ev. 16.4. 86) und Nr. 75 (Müller/Knoblich, Klara ev. 12.2.87).

Es gab ein geordnetes Durcheinander, denn durch die vielen vorausgehenden kleinen Vertreibungen im Ort[111], durch welche die Deutschen immer mehr in einigen verbliebenen Wohnungen zusammengedrängt waren, waren die zu transportierenden Habseligkeiten schon auf das nötigste zusammengeschrumpft. Bald bestiegen wir einen Leiterwagen, der uns zum Bahnhof brachte, wo wir in einen offenen Güterwagen der Reichsbahn eingewiesen wurden, der bis dato Kohlen transportiert hatte und entsprechend schwarz aussah. Es war der neunte Wagon eines längeren Zuges und der 41. Transport, der in Friedland zusammengestellt wurde.

Vater Erich bekam das ehrenvolle Amt eines *Kierownik wagonu*, eines Wagenältesten, und hatte mit Unterschrift zu besiegeln, daß weder er noch eine andere Person dieses Wagons gegen polnische Regierungsbehörden etwas vorzubringen habe noch andere Ansprüche gegen sie stelle. Ich meine, wir haben unter den vielen Friedländer Leidensgenossen in dem Kohlenwagen nur stehend Platz gefunden. Der Zug setzte sich dann bald Richtung Waldenburg in Bewegung und, wie mir noch deutlich vor Augen steht, zog die Lokomotive unter Entwicklung schwarzer Rauchwolken den Zug durch die sonnige Junilandschaft. Im Waldenburger Bahnhof, es war wohl die Wartehalle, wurde mir inmitten der Friedländer Neuankömmlinge auf dem Familiengepäck ein Lager bereitet, wo ich sofort einschlief.

Der oben abgebildete Transportschein vom 9. Juni 1946 erinnert daran, daß in diesem Jahr die gesamte Verwandtschaft und wie diese die gesamte ostdeutsche Bevölkerung, die jenseits der Oder-Neiße-Grenze lebte, von den Polen ins westliche Deutschland vertrieben worden ist. Er dokumentiert, wie die Vertreibung von Menschen schön bürokratisch festgehalten worden ist, wie vom kleinen Baby bis zum alten Mann eine Menschengruppe von einem Tag zum anderen aus ihrem gewohnten Leben gerissen in einem Kohlenwagon einer ungewissen Zukunft entgegengekarrt wird. Das Blatt hat die Aura eines Originals und dokumentiert gleichzeitig einen unrühmlichen Moment der deutschen Geschichte und vieler individueller Schicksale.

Zahlen auf dem Blatt spiegeln die riesige Dimension des Unternehmens, das sich hier in Ostdeutschland abspielte. Nur 35 Menschen werden in dem Blatt namentlich aufgeführt, es ist aber der neunte Wagen eines Gü-

---

[111] Brief an Reinhard von Oma und Opa Müller, Raden, den 6. 6. 1946: „Schon am 13. April mußten wir unsere Wohnung verlassen ohne etwas rauszukriegen wir wohnten doch mit Erich zusammen da kannst Du Dir ja vorstellen was alles dem Feinde in die Hände viel wenn ich das alles schildern soll müßte ich ein ganzes Buch schreiben."

terzuges, die in der Regel ca. 30 Wagen zählten, der Zug also insgesamt 1050 Personen transportiert hat. Das Blatt, datiert auf den 9. Juni 1946, ist für den 41. Transport geschrieben, damit sind rückblickend schon 43.030 Personen in früheren Zügen verbracht worden. Vor unserem inneren Auge sehen wir lange Züge, die durch das Land rollen, und sehen, wie Dörfer und Städte, ganze Landstriche im alten deutschen Osten menschenleer und entvölkert werden, gleichsam über kurz oder lang von den Deutschen frei sind. Damit wird ein Geschehen rückabgewickelt, das mit der deutschen Ostkolonisierung im 12. und 13. Jahrhundert begann, als Bauern und Mönche von polnischen Fürsten gerufen, das Land urbar gemacht haben.

Für Kinder werden derartige Erlebnisse, solange sie in der elterlichen Obhut die nötige Sicherheit verspüren, nicht als übermäßig schrecklich empfunden. Jedenfalls erging es mir so. Und da das ganze Geschehen, das sich nun in den nächsten Tagen abspielte, vor allem mit Eisenbahnfahren verbunden war, so war ich ganz und gar nicht unglücklich, denn meinen Augen boten sich immer wieder faszinierende Bilder: die parallel zur befahrenen Strecke begleitenden Schienen des zweiten Gleises, Signale, deren Arm im rechten Winkel zum Masten stehend Halt geboten und Wagons, die während des folgenden Tages von den sich sammelnden Vertriebenen bestiegen wurden. Noch lange stand die Schiebetür unserer rollenden Herberge auf Zeit offen, durch die man auf die zahlreichen parallelen Gleise eines offenbar großen Rangierbereichs des Waldenburger Bahnhofs blickte. Vater Erich kam am Abend, es war noch hell, über die Gleise mit einer emaillierten blauen Kinderbadewanne. Irgendwann setzte sich der Zug in Bewegung, und nachdem ich am nächsten Tag aufgewacht war, wurde für mich eine größere Zahl von Gepäckstücken aufgehäuft, damit ich durch eine schmale Luke unterhalb des Wagendaches auf die vorbeigleitende Landschaft sehen konnte, vor allem auf die schon erwähnten eisenbahntechnischen Elemente, die einen Schienenweg naturgemäß begleiten.

Aber natürlich gab es auch Momente der Furcht und der Angst. Etwa als beim Wechsel von einem Bahnsteig zum anderen, wenn die große Menschenmenge auf den Treppen zu den Unterführungen nach oben oder nach unten drängend vorwärts schob und ich einmal als kleiner Vierjähriger kurz auf einer Treppe den Kontakt zu meinen Eltern verlor und mir inmitten der vielen wildfremden Menschen verloren vorkam. Vor Augen steht mir auch noch, wie der Zug ganz langsam über einen großen Fluß rollte, die Brücke war wohl beschädigt, unsere Schiebetür stand offen, so daß alle Waggoninsassen mit einem gewissen Gruseln hinunter auf die Wasserfläche schauten und jeder hoffte, daß der Zug bald wieder auf festem Gelände weiterfahren würde. War es die Neiße oder war es schon die Elbe? Ich weiß es nicht.

Beim Überqueren der Neiße, wie ich aus späteren Erzählungen weiß, stimmte einer der Mitreisenden jenes ergreifende Lied an, das Martin Rinckart 1636, also mitten im Dreißigjährigen Krieg, dichtete und Freude und Dankbarkeit aus der angestammten und nun so unwirtlich und feindlich gewordenen Heimat zum Ausdruck brachte:

> 1. *Nun danket alle Gott*
>   *Mit Herzen, Mund und Händen,*
>   *Der große Dinge tut*
>   *An uns und allen Enden,*
>   *Der uns von Mutterleib*
>   *Und Kindesbeinen an*
>   *Unzählig viel zu gut*
>   *Bis hier her hat getan.*
>
> 2. *Der ewig reiche Gott*
>   *Woll uns bei unsrem Leben*
>   *Ein immer fröhlich Herz*
>   *Und edlen Frieden geben,*
>   *Und uns in seiner Gnad,*
>   *Erhalten fort und fort*
>   *Und uns aus aller Not*
>   *Erlösen hier und dort.*
>
> 3. *Ehr und Preis sei Gott,*
>   *Dem Vater und dem Sohne*
>   *Und dem, der beiden gleich*
>   *Im höchsten Himmelsthrone,*
>   *Dem einig höchsten Gott,*
>   *Als er anfänglich war*
>   *Und ist und bleiben wird*
>   *Jetzt und immerdar.*

Mit dem Überqueren der Neiße fuhren die Ausgewiesenen in eine Fremde, aber wenigstens in eine von deutschen Landleuten bewohnte Fremde, in der sie wieder Sicherheit für Leib und Leben und den Genuß der über ein Jahr entbehrten Persönlichkeits- und Freiheitsrechte erwarten konnten[112].

Wie lange hat die Reise gedauert? Am 12. Juni 1946 um 23 Uhr traf im Flüchtlingslager Mariental bei Helmstedt, einer leerstehenden Flugzeughalle in der englisch besetzten Zone Deutschlands, der Zug aus Waldenburg ein, er wurde dort als der 249. Transport gezählt. Seit der Abreise in Waldenburg am Abend des 10. Juni waren also zwei volle Tage vergangen, um die insgesamt ca. 530 km zurückzulegen. 401 Männer, 735 Frauen und 364 Kinder entstiegen dem Zug und wurden registriert[113]. Es folgte eine Entlausung, dann gab es etwas zu essen und in den Sälen ein Strohlager. 1500 von ihnen wurden am folgenden Tag um 11.00 Uhr auf die Reise nach Siegen weitergeleitet, die zurückbleibenden 365 kamen noch an diesem 13. Juni in Bussen nach Immendorf[114].

Daß die Mitglieder der Familie die letzten vier Stellen auf der Namensliste des Transportes nach Immendorf belegten, hat vielleicht folgende Bewandtnis. Vater Erich hatte von seiner romantisch-jugendbewegten Vorstellungswelt gemeint, Immendorf, also ein Ort der Immen, der Bienen, müsse ein idyllischer Heideort sein, wo die Familie ein beschauliches Leben fern aller Nöte führen könnte, und daher sich wohl spontan und recht spät noch auf diese Liste setzen lassen. Welch eine Verkennung der wahren Verhält-

---

[112] Entsprechend den Worten in Fußnote 107 gelten folgende Grundsätze: Recht auf Leben und körperliche Unversehrtheit, Schutz vor entwürdigender oder erniedrigender Behandlung, Recht auf Freiheit, Eigentum und Sicherheit der Person, allgemeine, nur durch Gesetz beschränkbare Handlungsfreiheit, Freiheit von willkürlichen Eingriffen in die Privatsphäre (Wohnung, Briefgeheimnis etc.)Persönlichkeitsrechte, Meinungsfreiheit, Gedanken-Gewissens-Religionsfreiheit, Reisefreiheit, Versammlungsfreiheit, Informationsfreiheit, Berufsfreiheit

[113] Vgl. Wolfenbüttel Niedersächsisches Staatsarchiv 94 N 1194,Namensliste 125, Seite 235 u. 254. (Vgl. auch 128 Neu F. 3, Nr 282 (94 N 1176), Sp. 74: „ The refugee train Nr. 213 from New-Poland ....carried 1589 persons, according to the nominal rolls. A first count, carried out by the Camp police before the refugees were detrained showed 1609 persons. i.A. Bredowski

[114] Vgl. Postkarte von Edith Müller an ihren Bruder Otto Erdmann vom 13. 6. 1946. Vgl. auch Rolf Volkmann, Das Flüchtlingslager Mariental (1945 - 1947) und die Vertriebenentransporte aus Schlesien (1946 - 1947), Grasleben 1997, S.139: „Die bisherige Praxis, dass von den 1600 bis 1800 Personen umfassenden Transporten nur 1500 weitergeleitet wurden und der Rest, die sog. „Spitzen" in Autobussen ins Braunschweiger Land gebracht wurden, erfuhr eine Änderung. Die „Spitzen" wurden alle 2 Tage mit der Bahn weitertransportiert, vorwiegend in die Lager Lehre, Immendorf und Nienburg. ..."

nisse! Denn Immendorf gehörte in das Salzgittergebiet, in dem seit 1936 im Zuge der Entwicklung zu einem Erzförder- und Verhüttungskomplex für viele Fremd-, im Kriege dann Zwangsarbeiter Barackenlager geschaffen worden waren, die nach dem Kriege geräumt und nun als Notunterkünfte genutzt wurden.

Das Lager in Immendorf war 1946 zu einem sogenannten „Cushion Camp" (Pufferlager) geworden, von wo die für den Braunschweiger Verwaltungsbezirk vorgesehenen 100 000 „Schwalbe"-Flüchtlinge verteilt werden sollten[115]. Die Familie blieb dort bis zum 17. Juni. In dieser Zeit mußte ich freundlich begleitet von Vater Erich in die Krätzebaracke, da ich immer noch an dieser durch die Milben hervorgerufenen Hautkrankheit litt. Ergebnis der Prozedur war, dass ich von Krätze geheilt war, Vater Erich sie aber nun hatte.

Gedanken zum deutsch-polnischen Verhältnis:

Der Transportschein animiert auch dazu, etwas zum deutsch-polnischen Verhältnis der vergangenen Jahre zusammenzustellen. Jetzt, im höheren Alter, gehen die Gedanken gern zu solchen Gegenständen, die in der per-sönlichen, aber auch der europäischen Vergangenheit ihre kaum begrefli-chen, aber auf das Universale bezogen beispielhaften Schicksalsspuren hin-terlassen haben. Jüngere haben selten eine sensible Aufnahmefähigeit für solche Perspektiven. (Vielleicht liegt es ja auch daran, daß die gegenwärtige Zeit so voller Probleme ist.)

Diese Vertreibung, die von den Polen lange Zeit schön geredet wurde - man sprach von Aussiedlung, Bevölkerungstransfer etc. - hat die polnische Publizistik lange beschäftigt. In der „Illustrierten Geschichte der Flucht und Vertreibung (Warschau 2009)" wurde der in der polnischen Lexik als teutonisches Reizwort erster Güte geltende Begriff der Vertreibung (poln. Wypędzenie) dann ausdrücklich erwähnt.

Einer der ersten Polen, der sich für eine klare Sprache einsetzte und die Dinge beim Namen nannte, war Jan Josef Lipski. Obwohl er die Schrecken der deutschen Besatzung im Zweiten Weltkrieg erlebt hatte, engagierte sich Lipski im deutsch-polnischen Dialog. In seinem langen Essay „Zwei

---

[115] Martin Grubert, Die Eingliederung der Vertriebenen in der Braunschweiger Landeskirche, in: Klaus Erich Pollmann (Hrsg.), Der schwierige Weg in die Nachkriegszeit, Göttingen 1995, S. 176 (Studien zur Kirchengeschichte Niedersachsens; 34).

Vaterländer – Zwei Patriotismen. Bemerkungen zum nationalen Größenwahn und zur Xenophobie der Polen" (*Dwie ojczyzny – dwa patriotyzmy*), den er 1981 in der polnischen Exilzeitschrift *Kultura* veröffentlichte, setzte er sich als erster polnischer Publizist ausführlich mit moralischen Aspekten der Vertreibung der Deutschen aus den Gebieten östlich von Oder und Neiße auseinander. Darin heißt es zu dem Argument, daß die Vertreibung Folge der deutschen Verbrechen im Krieg gewesen sei: „Das uns angetane Böse, auch das größte, ist aber keine Rechtfertigung und darf auch keine sein für das Böse, das wir selbst anderen zugefügt haben." Lipski wurde für diesen Essay von der der kommunistischen Zensur unterliegenden Presse angegriffen. Ebenso stieß sein Vorstoß von 1989 auf Kritik, die deutschen Vertriebenen nicht länger aus dem deutsch-polnischen Dialog auszuschließen.

Interessant ist es zu erfahren, wie sich die Vertriebenen selbst zu dem Geschehen gestellt haben. Hier sei aus Sebastian Haffners, „Preußen ohne Legende (Hamburg 1979)" ausführlich zitiert. Die Vertriebenen hatten ja das Land verloren, das sieben Jahrhunderte lang ihre Heimat gewesen war. Wie sollte man mit dem Greuel der Vertreibung umgehen? „Aufrechnung hilft nicht weiter; Gedanken an Rache machen alles noch schlimmer. Irgendeiner mußte die Seelengröße aufbringen, zu sagen: Es ist genug." Daß sie dazu fähig gewesen sind, ist ein Ruhmestitel, den keiner den Vertriebenen … nehmen kann. Und wer will, kann die Nüchternheit, mit der sie, ohne einen Gedanken an Rache, bald auch ohne einen Gedanken an Rückkehr, sich im westlichen Deutschland heimisch und nützlich gemacht haben, eine preußische Nüchternheit nennen. So gibt es schließlich … doch noch einen hellen Schlußakkord."

Die Zeit danach

Mattierzoll

Am 17. Juni standen wiederum Busse bereit, die uns mit mehreren Leidensgenossen nach Winnigstedt im Kreis Wolfenbüttel brachten, von dort wurden wir auf einzelne Quartiere verteilt. Die Familie kam in den Ortsteil Mattierzoll. Von den acht Tage früher in Friedland der Heimat Verwiesenen war nur Frau Martha Knoblich mit von der Partie. Auch sie hatte es nach Mattierzoll verschlagen[116]. Während der Reise hatte sie sich mit meinem Bruder Rainer angefreundet und ihn dann später noch gelegentlich betreut. Mattierzoll sollte sich aus verschiedenen Gründen als ein absoluter Tiefpunkt herausstellen. Gelegen an der damaligen Reichstraße 79 auf halbem Weg zwischen Halberstadt und Wolfenbüttel unmittelbar an der Landesgrenze Niedersachsen/Sachsen-Anhalt. Die Reichstraße 79 wurde 1932 zwischen Halberstadt und Wolfenbüttel eingerichtet, wo sie in die Reichstraße 4 mündete. Um 1937 wurde diese Reichstraße bis Quedlinburg verlängert, nachdem die Reichstraße 6 über Blankenburg statt über Halberstadt geführt wurde. Seit 1902 war der Ort ein kleiner Eisenbahnknotenpunkt. Es gab Strecken nach Braunschweig (Braunschweig-Schöninger Eisenbahn) und Heudeber-Danstedt (Kleinbahn-AG Heudeber–Mattierzoll). Außerdem war Mattierzoll Durchgangsstation auf der Bahnstrecke Jerxheim–Börßum.

Der Ortsteil, am Großen Bruch gelegen, besaß neben den zwei Bahnhöfen eine Molkerei, eine ehemalige Zuckerfabrik, zu der weitläufige Anlagen, auch drei Schlammteiche gehörten, außerdem eine Hauptgenossenschaft und Viehmeyer, der wohl auch mit Getreide handelte. Eine öde Landschaft, der nahe gelegene mit Buchenwäldern bestandene Fallstein war infolge der Grenzziehung unerreichbar. Hier blieben wir über fünf Jahre.

Abb. 47 Bahnhof Mattierzoll

---

[116] Sie fehlt in der Transportliste Wolfenbüttel Niedersächsisches Staatsarchiv 128 Neu F. 3, Nr 282 (94 N 1194), Namensliste 125, Seiten 235 u. 254.

Abb. 48 Die Wohnung in Mattierzoll 1979

Die Vertreibung hat den Lebensmittelpunkt der Familie und natürlich auch meinen nach Niedersachsen und zwar in das Braunschweiger Land versetzt. Hier lebe ich mit den Unterbrechungen während des Studiums und der ersten Berufsjahre bis heute, also schon über einen Zeitraum, der mehr als zwei Generationen überspannt. Dieses Land wurde zur zweiten Heimat.

Bemerkung

Die folgende Zeit wird natürlich in der Beschreibung des Vertreibungsgeschehens berührt.

Es sind die Zeit bis zum 9. Juni 1946 und die folgende Jahre, bis wir nach Westerlinde kamen. Zu den Jahren in Mattierzoll zunächst einige als Notizen.

1. Der Phantast [*Vater Erich*]: die Behauptung seinem Bruder Reinhard gegenüber, er hätte noch vorgehabt, einen Lastwagen für den Umzug aus Schlesien zu organisieren[117]
2. Seine Verachtung der Handarbeit und seine Neigung, Luftschlösser zu bauen, haben seinen Weg zurück in den Beruf sicher nicht befördert[118].

Zunächst wohnten wir bei Frau Munder, die in einem größeren Haus im ersten Stock residierte. Sie hatte uns einen Raum abgetreten. Im heißen Sommer 1946 mußte das Mittagessen aus einer Winnigstedter Großküche geholt werden. Gelegentlich bin ich mitgelaufen, die bei mir aufkommende Langeweile verkürzte mir meine Mutter durch das Erzählen von Märchen, ich erinnere mich noch an das Märchen von der Wegewarte[119]. Sehr bald brachte mich dann Vater Erich zu den inzwischen auch aus Pirschen ausgewiesenen Omas in Hoyel zu Ferien. Es war wieder eine der von mir sehr geliebten Bahnreisen – leider hatte ich den Fez, jene arabisch-türkische Kopfbedeckung in der Form eines stumpfen Kegels aus rotem Filz, die Vater Erich noch von seiner Jugoslawienreise gerettet hatte, verloren, als ich den Kopf in den Fahrtwind gehalten hatte. Erst am späten Abend kamen wir in Bruchmühlen an. Nachts, der Mond schien, wanderten wir den langen

---

[117] E. Müller, an Reinhard, Mattierzoll, d. 18. 8. 46: „Nur hatte ich vor, mit Lkw zusammen mit Bekannten, überzusiedeln, um die Fahrt abzukürzen und noch einige Werte zu retten."

[118] In einem Brief an Reinhard vom 28. 3. 1947 berichtet er von einem Besuch bei einem Dozenten der Lehrerbildung in Burg / Dithmarschen. Es war Professor Bohne, er traf aber nur seine Frau an, die dann später Oma Erdmann gegenüber sagte, er sei ein ‚Phantast'.

[119] Im dunklen Mittelalter waren einmal ein Prinz und eine Prinzessin. Die hatten einander sehr lieb und schworen sich ewige Treue. Aber wie das Leben so ist, nimmt der Alltag auf die Liebe keine Rücksicht. Das Abendland war wieder einmal bedroht und mußte durch einen Kreuzzug gerettet werden. Dieser historisch-hysterischen Aufbruchstimmung konnte sich auch unser Prinz nicht entziehen. Beim Abschied versprach die Prinzessin hier auf seine Rückkehr zu warten. Zu Beginn der Wartezeit kamen fremde Prinzen vorbei, die um die Hand der Schönen anhielten. Sie schlug lachend jeden Annäherungsversuch aus. Später kamen Nonnen daher, die sie mit ins Kloster nehmen wollten, aber dafür war sie noch nicht bereit. Noch später interessierte sich niemand mehr für das am Wegrand kauernde Hutzelweiblein. Da kam eines Tages der liebe Gott den Weg entlang und nahm die Prinzessin mit in den Himmel, wo ihr geliebter Prinz schon viele Jahre auf seine Geliebte gewartet hatte. Am Wegrand aber wuchsen seit dieser Zeit Blumen, deren Blüten so blau wie die Augen unserer Prinzessin, und deren Heilkraft wie die Kraft der Treue und Liebe unseres Paares waren.

Weg über Bennien aus dem Tal der Else dann immer leicht ansteigend bis wir an dem ärmlichen Quartier der beiden Omas anklopften. Sie waren in der ehemaligen Schuhmacherwerkstatt der Ostermeme, einer 80jährigen Frau, untergekommen, die sehr geizig und mißtrauisch war. Am nächsten Morgen sehe ich mich noch mit Vater und Omas am Frühstückstisch sitzen, meine unter dem Tisch schlenkernden Beine mißfielen ihm. Aus dieser Zeit ist mir sein strenges „Räsonniere nicht!" im Ohr[120].

Schon etwa mit sechs Jahren wurde ich von Vater Erich mit Flötenunterricht traktiert. Er war noch ganz von seiner durch Wandervogel und Jugendmusikbewegung der zwanziger Jahre geprägten Jugendzeit erfüllt[121]. Der „Musikant", von Fritz Jöde herausgegeben, hat ihn bis in seine letzten Tage begleitet. Damit wurde auch ich mit diesem Liedgut vertraut. Für Vater Erich war es sicher eine Möglichkeit, sich aus den Schrecken des Krieges und der mit Erschrecken festgestellten Verstrickung in die Fänge der Ideologie des Dritten Reiches zu befreien, indem er ganz im Sinne jenes Liedes von Hannes Kraft (1909-1983) „Freunde lasst uns fröhlich loben" in eine helle und heile Welt zurückkehren und nach dem vergangenen Grauen ins Jungbrunnenreich wandern und die Jugend dorthin mitnehmen wollte. Dem dienten später auch die Sing- und Instrumentalkreise, die er leitete und durch die er Kinder und Jugendliche zu musischen Menschen machen wollte. Immer wieder fand er auch Musikbegeisterte, mit denen er spielen konn-

---

[120] Immanuel Kant: Beantwortung der Frage: Was ist Aufklärung? [Unterscheidung zwischen »öffentlichem« und »privatem« Gebrauch der Vernunft.] Zu dieser Aufklärung aber wird nichts erfordert als *Freiheit*; und zwar die unschädlichste unter allem, was nur Freiheit heißen mag, nämlich die: von seiner Vernunft in allen Stücken *öffentlichen Gebrauch* zu machen. Nun höre ich aber von allen Seiten rufen: *räsonniert nicht!* Der Offizier sagt: räsonniert nicht, sondern exerziert! Der Finanzrat: räsonniert nicht, sondern bezahlt! Der Geistliche: räsonniert nicht, sondern glaubt! (Nur ein einziger Herr in der Welt sagt: *räsonniert*, so viel ihr wollt, und worüber ihr wollt; *aber gehorcht!*) Hier ist überall Einschränkung der Freiheit. Welche Einschränkung aber ist der Aufklärung hinderlich? Welche nicht, sondern ihr wohl gar beförderlich? Ich antworte: der *öffentliche* Gebrauch seiner Vernunft muß jederzeit frei sein, und der allein kann Aufklärung unter Menschen zu Stande bringen; der *Privatgebrauch* derselben aber darf öfters sehr enge eingeschränkt sein, ohne doch darum den Fortschritt der Aufklärung sonderlich zu hindern.

[121] Brief vom 9. 12. 1947 an Reinhard: „ ... will auch einiges von dem, was seine Wurzeln in der Jugendbewegung hatte, aufrecht erhalten. Dies geschieht zunächst in nichts anderem als in der Pflege der musica."

te[122]. Diesem Musizieren haftete gelegentlich etwas Dilettantisches an, und er hatte auch keine Bedenken sich auf Instrumenten zu versuchen, die er nicht im mindesten beherrschte[123]. Gelegentlich war ich Leidtragender dieser musikalischen Exerzitien; wenn er etwa auf mich aufpassen sollte und stattdessen in Winnigstedt sich den Schlüssel zur Kirche geben ließ und dann einige Orgeltöne produzierte. Den Schülern machte er es nicht leicht. Seine eigene Begeisterung auf die jungen Musikanten zu übertragen, scheiterte zumeist an seinem sturen Beharren auf starren Regeln: die Übungsstunde mußte 45 Minuten dauern, der Schüler möglichst stehen u. ä.

Ein Ferienaufenthalt in Bündheim bei Bad Harzburg[124] im Juli 1951 in der damaligen sogenannten Jugendgruppenleiterschule am Silberborn 8 war ganz von diesem Geist geprägt[125]. Das erwähnte Lied von Hannes Kraft in der Vertonung von Gottfried Wolters „Freunde lasst uns fröhlich loben" stand gleichsam als Motto über dieser fröhlichen Singewoche[126]. Im Kreis

---

[122] Telefonat mit Heinrich Uthoff, einem ehemaligen Lehrer des Kranichgymnasiums in Salzgitter-Lebenstedt am 7. 3. .2010. Ihm war Erich Müller aus Westerlinde noch ein Begriff, zumal er auch mit ihm musiziert hatte.

[123] Brief an Reinhard vom 9. 12. 1947: „Ich versuche einige Anfangskenntnisse des Orgelspiels zu erwerben …"

[124] Zu Ostersingewochen unter der Leitung von Herbert Langhans, Köln, bin ich 1957, 1958 und 1959 nach Bündheim gefahren.

[125] Die "Jugendgruppenleiterschule Bündheim" bestand seit 1946. Hier sollten ehrenamtlich tätige Jugendgruppenleiter ausgebildet werden, vor allem um die britischen Umerziehungsprogramme voranzutreiben, Nach dem Zusammenbruch des Nazi-Regimes brauchte man zur Einübung demokratischer Gesinnungen und Gewohnheiten besondere Schulungs- und Kommunikationsstätten. Derartige Einrichtungen waren der deutschen Jugendarbeit aus der Tradition nicht bekannt und wurden deshalb mit Hilfe der Besatzungsmächte geschaffen.

[126] |: Freunde, laßt uns fröhlich loben
    Unsre schöne helle Welt, :|
    |: Mags im Finstern noch so toben,
    Wir sind treu dem Tag gesellt. :|
    |: Laßt die alte Welt vermodern,
    Neu wird sie im Sonnenschein, :|
    |: Wenn die Abendfeuer lodern,
    Wird der Morgen unser sein.
    |: Sonne, Wolken, Schnee und Regen
    Ziehen über uns dahin, :|

von alten Jugendbewegten und Schülerinnen und Schülern, die die Lehrer mitgebracht hatten, wurden die vom Möselerverlag vertriebenen Lieder gesungen, es wurde musiziert, wobei mein Flötenspiel immerhin soweit fortgeschritten war, daß ich bei einer Abschlußvorstellung die im Takt strauchelnde Gruppe bei der Stange halten konnte. Besonders ins Auge stachen mir die von Wilhelm Wulf angefertigten Fideln[127], von denen mir dann auch eine versprochen wurde.

Abb. 49 Eltern Müller mit Kindern Reglinde, Helmar und Rainer 1947

Aber dazu kam es nicht. Kleine Wanderungen erschlossen die Schönheiten des von Bündheim sich malerisch ausbreitenden Talkessels am Fuße der Harzberge, der von der Anhöhe, auf der die Jugendgruppenleiterschule, stand, gut überblickt werden konnte. Endlich wieder eine an die Gegend um Friedland im Waldenburger Bergland erinnernde Landschaft, die sich nun

---

|: Um uns glühet Gottes Segen
Und wir stehen mitten drin. :| (Aus der Musikant, Fritz Jöde).

[127] Wulf-Fideln sind die Instrumente, die in der Jugendgruppenleiterschule Bündheim unter Wilhelm Wulfs Anleitung gebaut wurden, oder es sind die Instrumente, die über den Möseler-Verlag aus der Bündheimer Werkstatt gekauft wurden. Im Besitz derartiger Fideln sind Heinrich Uthoff, Hannelore Uthoff, Salzgitter. Sopran-, Alt- und Tenorfidel, Tenor-Bass-Gambe.

so sehr von dem öden Mattierzoll abhob. Unvergeßlich das herrliche Terrarium vor dem Haus, gesäumt von einem Karreé von vier gut überschaubaren Mauern, bot ein herrliches Biotop, in dem Blindschleichen, Kreuzottern, Ringelnattern beobachtet werden konnten. Einmal ging es zum erst im Jahr zuvor eingeweihten Kreuz des Deutschen Ostens auf den Uhlenklippen[128]. Dieser Besuch verstärkte das Gefühl, aus Schlesien zu kommen, und dieses nun ferne Land als unvergessene Heimat, wie es später immer apostrophiert wurde, zu verstehen. Und der Gedanke war sicher auch lebendig, daß man eines Tages dorthin zurückkehren könnte. Die im Jahr zuvor verkündete Charta der Heimatvertriebenen war von den Eltern als etwas Besonderes herausgestellt worden. Ich erinnere mich noch, daß mich die damals herrschende Atmosphäre dazu verleitete, meine damaligen Mitkameraden auf „Schlesisch" oder das, was ich darunter verstand, anzusprechen. Namen wie der Menzel Willem[129] und Manfred Lommel[130] mit Paul und Pauline Neu-

---

[128] Am 24. Juni 1950 wurde das "Kreuz des deutschen Ostens" feierlich eingeweiht. Vor rund 20 000 Besuchern begrüßte der spätere Bundestagsabgeordnete Edelhard Rock als Ehrengäste Bundesvertriebenenminister Hans Lukaschek, Bundesratsminister Heinrich Hellwege, den Regierenden Bürgermeister von Berlin, Ernst Reuter, den Niedersächsischen Flüchtlingsminister Albertz, Landesbischof Dr. Erdmann, den geistlichen Rat Schultheiß aus Fulda und Oberbürgermeister Bennemann mit allen Ratsmitgliedern aus Braunschweig. Zu Beginn der Weihefeier wurde das Kreuz von Scheinwerfern angestrahlt. Am Morgen des 25. Juni 1950 traf sich die ostdeutsche Jugend am Kreuz. Edelhard Rock erklärte, das Kreuz sei ein Mahnmal des Friedens und ein Symbol der Heimattreue. Es wurden landsmannschaftliche Wappen am Sockel des Kreuzes befestigt.

[129] Wilhelm Menzel, Pseudonym: *Menzel-Willem* (* 8. Januar 1898 in Obersteinkirch (Schlesien); † 23. Januar 1980 in Dortmund. 1934 begann Wilhelm Menzel an der Hochschule für Lehrerbildung in Hirschberg im Riesengebirge eine Lehrtätigkeit, die er nach der Vertreibung im Jahre 1947 an der Pädagogischen Akademie in Dortmund fortsetzte. 1954 wurde er Professor. Auf wissenschaftlichem Gebiet legte er hervorragende Werke zur Philologie, Literatur und Volkskunde Schlesiens vor. Kaum einer hat über Jahrzehnte hinweg, landauf und landab fahrend, das weite Spektrum schlesischer Geistigkeit und schlesischen Wesens so wie er zu vergegenwärtigen verstanden. Er breitete, und das nicht nur vor Schlesiern, so etwas wie das „Schlesische Himmelreich" aus, das ein Universum für sich ist. Das bezeugen schlesische Geistesgrößen, allen voran Jakob Böhme, den man auch den „Philosophus teutonicus" nannte und dessen Erkenntnisse von bedeutenden Philosophen wie Leibniz, Hegel und Schopenhauer aufgegriffen wurden. Danach waren es die schlesischen Dichter des Barock, vor allem Martin Opitz, Andreas Gryphius, Friedrich von Logau und Angelus Silesius, die dazu beitrugen, dass man das 17. Jahrhundert als das schlesische in der deutschen Literatur bezeichnete. In dieser Zeit war Christian Wolff ein Philosoph von europäischer Geltung. Es folgten die Dichter Joseph von Eichendorff, Gerhart Hauptmann und Hermann Stehr, die zur Unsterblichkeit des deutschen Schlesien beigetragen haben.

gebauer kursierten in den Gesprächen, und der Gedanke an eine Rückkehr in die alte Heimat blieb übrigens noch lange wach, zumal auch das Wissen um den Deutschen Osten später im Geographie- und Deutschunterricht gegenwärtig gehalten wurde, etwa in Ostdeutschen Wochen, 1957 in Eichendorff-Feiern.

Hoyel, Pirschen

Mit diesem ersten von unendlich vielen bis in die Sechziger Jahre des vorigen Jahrhunderts wiederholten Besuchen zumeist in den großen Ferien in Hoyel, später in Bennien und Westkilver bei den Omas und Tante Lenchen bietet sich die Gelegenheit, noch einmal auf meine ersten Lebensjahre in Pirschen zurückzukommen. Denn diese Besuche ließen in mir einmal im Jahr auch Pirschen lebendig werden. So blieben der Ort und das Land meiner frühesten Kindheit unvergessen und festigten ihren Platz im Bewußtsein. Früheste Eindrücke eingebettet in die Erzählungen der Großmütter und meiner Tante Lenchen wie auch meiner Mutter gruben sich tief ein und entwickelten ein besonderes, von einer gewissen Wehmut getragenen Heimatgefühl. Immer wieder, frei nach Hölderlin, dieses Land mit der Seele suchend, blieb Schlesien gleichsam die erste, die ursprüngliche Heimat, und das Braunschweiger Land stand in seinem Schatten, blieb immer etwas fremd. Wenn ich zurück in die eigene Vergangenheit blicke, so zeigt die Nadel meines inneren Kompasses nach Osten auf jenes ferne untergegangene Land, in dem ich vier zunächst unbeschwerte Jahre verlebte, umsorgt von den Frauen, die mich verwöhnten mit allem, was Küche und Keller hergaben, versorgten, was gelegentlich dazu führte, daß ich den Möhrenbrei meiner Mutter ablehnte, den sie mir, nachdem sie aus der Schule gekommen war, vorsetzte.
„Pirschen ist ein deutsches Kolonistendorf und auf herzoglichem Eigentum gegründetes deutsches Dorfwesen. Es entstand im Jahr 1200, vielleicht

---

[130] (* 10. Januar 1891 in Jauer; † 19. September 1962 in Bad Nauheim) war ein deutscher Humorist

1206, als Herzog Heinrich sich dort aufhielt und die Grenzen des benachbarten Klostergutes umschritt"[131].

Die Großeltern verkauften ihr Grundstück in Frankenberg, 7 km südöstlich der Kreisstadt Militisch. Großvater[132] war dort Gemeindevorsteher gewesen und hatte darauf gedrungen, daß der Ort nicht mehr Schwibedawe hieß, sondern ab 1925 Frankenberg (heute Swiebodow) [*wie schon im Kapitel über Hermann Härtel erwähnt*]. Der Gemeindesitz Kraschnitz liegt davon 4 km nordwestlich. Die böse Schwiegermutter war ein Grund für den Verkauf und die Ansiedlung in Pirschen, das Nachbarort von Zieserwitz war, wo die Großmutter Gertrud, geborene Hanke, herstammte.

Westerlinde

Abb. 50 Westerlinde, Federzeichnung von H. Oberbeck 1952

Am Ende der Odyssee aus Schlesien in den Westen Deutschlands stand das Dorf Westerlinde. Im Frühjahr 1950 wurde es amtlich: das Land Niedersachsen wies Erich in eine Lehrerstelle ein, zunächst in Uehrde am östlichen Ausläufer des kleinen Höhenzuges der Asse und dann kurze Zeit später in

---

[131] Vgl. Reinhold Pletz, Pirschen, in: Rund um den Neumarkter Roland. Beilage zum „Boten aus dem schlesischen Burgenland" 11 (1974), S. 82.

[132] http://worsten.org/silezio/milicz/milicz_adresaro_1925_h-j.htm: Härtel Hermann, Schwiebedawe, Kr. Militisch (Müllermeister u. Gemeindevorsteher), AB: 1925/26.

Westerlinde im westlichen Wolfenbütteler Restkreis, auch am Rande eines bewaldeten Höhenzuges, dem der Lichtenberge. Dieser ist die nördliche Begrenzung eines kleinen Tales, das gleichsam im Hildesheimer Hügelland des Ambergaus beginnt und dann im Lesser Go ausläuft, besser heute bekannt als das Salzgittergebiet um Lebenstedt. Nun gab es wieder den schmerzlich vermißten Wald, wie er im Waldenburger Bergland so reichlich vorhanden gewesen war, es gab hübsche Dörfer, zum Teil mit einer eindrucksvollen historischen Vergangenheit, etwa Lichtenberg mit seiner an Heinrich den Löwen erinnernden Burg, an Oelber am weißen Weg mit seinem im Dreißigjährigen Krieg bedeutsam gewordenen, in einem Seitental der Lichtenberge liegenden Wasserschloß.

In geringer Entfernung grüßte im Westen die alte, in der Zeit der Sachsenkaiser um 1000 erblühte Bischofsstadt Hildesheim mit seinem Dom und der Michaeliskirche, im Osten die Welfenresidenzen Braunschweig und Wolfenbüttel, schon im Mittelalter überaus wichtige Stadtzentren. Sie verband die an Westerlinde vorbeifahrende Eisenbahn. Westerlinde konnte also inmitten dieses landschaftlichen Ensembles als ein gut liegender Mittelpunkt betrachtet werden. Der von unserer Mutter so verehrte Studienrat Gabriel, unter dessen Ägide in ihrer Oberstufe eine Klassenfahrt zu den sächsischen Domen gemacht worden war, erinnerte sie in einem Brief daran, daß sie nun in dem sächsischen Raum lebte, in dem die Kirchen der Ottonen am Harze, in Quedlinburg, in den glanzvollen Bauten des Bischofs Bernard von Hildesheim oder Heinrichs des Löwen in Braunschweig standen.

Wohl am 15. August 1951 trafen wir in Westerlinde ein. Am Bahnhof in Osterlinde holten uns zwei Schüler mit einem Handwagen für unser Gepäck ab. Einer war Hans Hermann Bock, der sich sehr nett gab, später sich im Gegensatz zu seinem Bruder Dietrich oft wenig umgänglich zeigte. Der Lastwagen mit den Möbeln kam einen Tag später. Der ganze Hausrat war recht übersichtlich: die Hauptmasse bestand aus Feuerholz, wie die Westerlinder Jugend feststellte, die das Abladen interessiert verfolgte.

Abb. 51 Mit Gästen vor der Haustür in Westerlinde

Noch am selben Tag brach sich Bruder Rainer ein Schlüsselbein, so daß wir den Arzt aus dem Nachbarort zu Hilfe rufen mußten. Einige Tage später, sein sechster Geburtstag stand vor der Tür, durfte ich Vater Erich auf einer Fahrradfahrt nach Wolfenbüttel begleiten – so etwas war immer eine willkommene Abwechslung -, um dort ein Geschenk zu erwerben. Erinnerlich ist mir noch ein Besuch bei dem Fahrradhändler Schlüter, bei dem mein Fahrrad gekauft worden war. Vater Erich: das Rad ist bei Ihnen gekauft. Händler: Das hab ich sogleich gesehen. Vati monierte jedoch: Innerhalb von drei Monaten hat der Lenker stark Rost angesetzt, die Verchromung war ungeeignet. Diese Reklamation wurde aber nicht honoriert.

Westerlinde bot nun alles, was bisher schmerzlich vermißt worden war: ein großes geräumiges Haus und einen herrlichen Garten, das war doch etwas anderes als die Schlammteiche an der Zonengrenze.

Abb. 52 Oma und Eltern in der Laube des Westerlinder Gartens

Die Schule hatte zwei Räume, der eine im alten Gebäude für die Unterstufe, die Erich unterrichtete und der andere in einer Schulbaracke, die Anfang der 50er Jahre von den Reichswerken in Watenstedt erworben worden war. Es war Herbst geworden und so konnten sogleich die Äpfel im Garten geerntet werden, die zwei riesige alte Apfelbäume trugen. Sie wurden in flachen Holzkisten auf dem kühlen Dachboden eingelagert. Ganz oben unter dem Dachfirst gab es ein zusätzliches Zimmer (spannend da hinauf zu steigen) und gleich darüber einen Taubenschlag.

Und das Ankunftsjahr 1951 war ein Pilzjahr, Erich und Edith brachten diese Früchte in großen Gefäßen nach Hause. Ich erinnere mich noch an eine kleine emaillierte Wanne, innen weiß und außen blau, die Erich 1946 auf dem Waldenburger Bahnhof unmittelbar vor Abfahrt des Zuges mit den Vertreibungsopfern noch schnell über ein Gewirr von Eisenbahngleisen herangeschleppt hatte. Und 1952, im Frühjahr erfreuten sich die „Lichtenberge in neuem Grün", so beginnt ein kleiner Artikel, den Edith in der Braunschweige Zeitung veröffentlicht hatte, und da heißt es: „Vor kurzem noch raschelte das trockene Laub, wenn man durch die Buchenbestände schritt. Aber jetzt, an einem südlichen Hange, oberhalb des geschützt liegenden Oelber, des alten Wasserschlosses, blüht es in den zartesten Farben, die die Natur für die Pflanzenwelt bestimmt hat. Weiß und gelb leuchten die Buschwindröschen, lichtblau zeigen sich Hundsveilchen und Leberblümchen und goldgelb hat das Scharbockskraut seine Blüten geöffnet. Hier und dort trifft man auch schon blühende Maiglöckchen. Wer dieses Wunder sieht, wird sich besinnen müssen und wird fragen: Ist das wirklich der launische April, der uns diese Pracht bescherte?"

Abb. 53 Die vier Kinder mit Freund Sieghard

Der Blumengarten rief nach Veränderung. Seine strenge Gestaltung in buchsbaumumsäumte Blumenbeete und mit Kies bestreuten Wegen sollte nun von seiner Anmutung an französische Gartenkunst an englische Landschaftsgärten angelehnt verändert werden. Der riesige Gemüsegarten wartete auf seine Bestellung im Frühjahr wie auch der Acker, der den Garten zur angrenzenden Straße abschloß.

Der Ort besaß eine präsentable Kirche, in der unsere Mutter als Organistin wirkte und ihre Söhne mit dem verantwortungsvollen Bälgetreten betraut waren. Auf der Tafel eines später errichteten Ehrenmals war der Name Martin Härtel eingraviert.

Abb. 54 Die Kirche in Westerlinde mit Ehrenmal

Abb. 55 Die Gedenktafel Gefallener

Als die Familie 1951 ins Westerlinder Schulhaus zog, war die östliche Hälfte des oberen Stockwerks noch vom damaligen Schulleiter Roland Kümpfel bewohnt. Er war ein „vichilanter" Thüringer Volksschullehrer mit großen musikalischen Fähigkeiten und pädagogischer Kreativität sowie Leistungsbereitschaft. Er organisierte Schulfeste, Schulfahrten und ein Sängerfest für die Gesangsvereine der Umgebung, und Oberpfarrer Höhne begeisterte sich an seinen Orgelvorspielen, in deren Rahmen der Künstler improvisierend neueste Schlagermelodien einbaute, er machte „es den Schwalben nach." Allerdings war er moralisch nicht trittfest. Silvester 1951/52 entdeckte Helmar, der etwas zum Abendbrot aus der Küche holen sollte, zwei Schülerinnen der 8. Klasse in angeheitertem Zustand auf den oberen Stufen der Treppe sitzend; sie waren aus Roland Kümpfels Zimmer sehr aufgelöst gekommen, übrigens hatte der Schulleiter noch seinen von „Drüben" angereisten Freund Henner Spitze als Gesellschafter bei sich. Da schritt Erich Müller ein, stellte seinen Vorgesetzten zur Rede und schickte die Mädchen heim. Ab Frühjahr 1952 gondelte der dann ehemalige Schulleiter mit seinem 98er Sachs Motorrad nach Salzgitter, wohin er versetzt worden war. Freilich wich er nicht ganz alleine vom Ort, sondern zog die Tochter des Posthalters Mumme nach sich, deren Ehe mit einem Herrn Völs seinen Avancen nicht standgehalten hatte.

Abb. 56 Ein Kinderumzug mit dem Lehrer

Diese Geschichte hatte ein für die Familie sehr unangenehmes Nachspiel: Kümpfel spann acht Jahre später (1960) im Dorf eine Intrige gegen den amtierenden Lehrer, die den einst in der Nazizeit nach Westerlinde verschlagenen „roten" nunmehrigen Regierungsrat Wilhelm Oberbeck als Hebel zu benutzen versuchte, um seinen Freund Henner Spitze, der aus der Ostzone gekommen war, im von der Müllerfamilie bewohnten Schulhaus zu installieren. Eine benachbart wohnende Frau Graf, geborene Helldobler, hinterbrachte dem Schulleiter Müller, daß im Dorf eine Liste kursiere, auf der Zeugen gesammelt würden, die Verletzungen der Aufsichtspflicht Erich

Müllers belegen sollten. Während des Schulumbaus 1959/1960 fand nämlich der Unterricht im Pfarrhaus statt, so daß während der Pausen, in denen die Schüler auf die Dorfstraße strömten, nicht überall die Aufsicht gewährleistet schien.

Erich fuhr, begleitet vom Bürgermeister und einem Gemeinderatsmitglied, der politischen Dorfprominenz sozusagen, zur Regierung in Braunschweig, wo das drohende Verfahren durch ein offenes Gespräch mit dem plötzlich sehr zuvorkommenden Oberbeck niedergeschlagen wurde. Die Familie wurde nicht in das Dorf Eitzum an Elm versetzt, bis zu diesem Plan war die Intrige schon gediehen. Eine neuerliche Vertreibung war abgewendet.

Trotz der unbestreitbaren Vorteile gegenüber Mattierzoll war Westerlinde für mich zunächst gewöhnungsbedürftig. Es gab wenig Gleichaltrige (Dieter Ifkovits, Gernot Sailer, Sieghard Schmelting), mit denen ich gut auskam. Dann war bei den älteren Schülern eine mir unerklärliche Feindschaft, die sich sicher gegen mich als Sohn des Lehrers bezog und mich von vielen Spielen ausschloß, mich mit einem entehrenden Spitznamen bedachte (Lutter wohl von Königslutter mit seinem Landeskrankenhaus abgeleitet). Es war eine Art Mobbing, dem ich ausgesetzt war. Bald sehnte ich mich nach Mattierzoll zurück, wo ich auf unkomplizierte Weise integriert war.

Abb. 57 Helmar und Rainer vor der Kulisse der Lichtenberge

In Westerlinde blieb die Familie fast dreißig Jahre lang. Von hier ging es nach Salzgitter-Lebenstedt in die damalige Oberschule für Jungen. Durch den Übertritt an diese Schule bin ich eigentlich erst freigeworden. In späteren Jahren starteten von hier ich und die Geschwister dann in die verschiedenen Studienorte, sei es Göttingen, sei es Braunschweig und dann weiter ins Ausland nach England oder in die USA. Westerlinde blieb noch bis in den Anfang der achtziger Jahre der Ort, wo die Eltern mit der Oma Erdmann lebten, wo wir Kinder sie gelegentlich besuchten. Allerdings hat sich keiner dort auf Dauer angesiedelt, so daß die Eltern dann nach ihrer Pensionierung ihr Domizil in Wolfenbüttel aufschlugen.

Abb, 58 Helmars Konfirmation im März 1956

Maria Erdmanns letzter Brief an Helmar

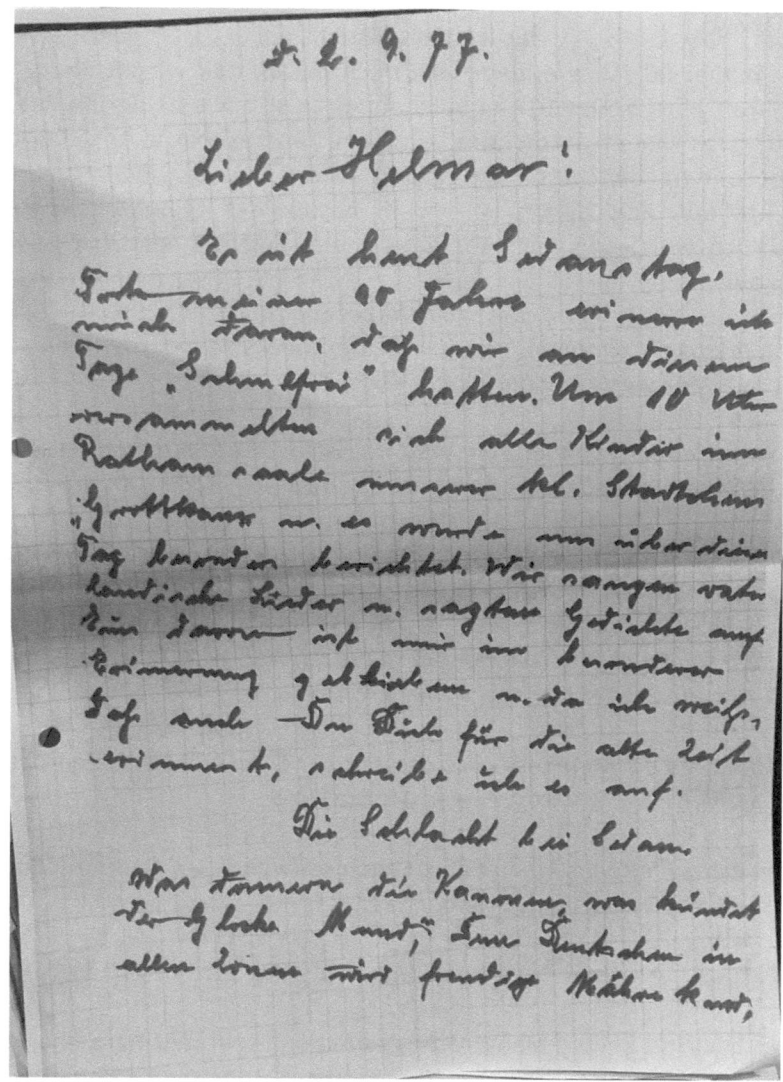

Abb 59 Maria Erdmanns Brief

Den 2. 9. 77

Lieber Helmar!
　　　　　　　Es ist heute Sedanstag.
Trotz meiner 90 Jahre erinnere ich mich daran, daß wir an diesem Tage „Schulfrei" hatten. Um 10 Uhr versammelten sich alle Kinder im Rathaussaale unseres kleinen Städtchens „Grottkau" und es wurde uns über diesen Tag besonders berichtet. Wir sangen vaterländische Lieder und sagten Gedichte auf. Eins davon ist mir in besonderer Erinnerung geblieben und da ich weiß, daß auch Du für die alte Zeit erinnerst [sic], schreibe ich es auf.
　　　　　　　Die Schlacht bei Sedan.
Was donnern die Kanonen /was kündet der Glocke Mund, /den Deutschen in allen Zonen/ wird freudige Mähre kund.

Laßt Siegesfahnen prangen/ die Welt hat wieder Ruh/ das französische Heer gefangen/ und der Kaiser, der Kaiser dazu.

Es ward eine Schlacht geschlagen/ bei Sedan auf dem Feld/ davon wird man singen und sagen/ bis an das Ende der Welt.

Da schlug seine Schicksalsstunde/ dem dritten Napoleon/ da blutet aus schwerer Wunde/ der Marschall Mac Mahon.

Drum donnern die Kanonen/ drum dröhnt der Glocken Mund/ den Deutschen in allen Zonen/ wird freudige Mähre kund.

Es donnerte jubeltönig/hinaus über Land und Meer/ Heil Deutschlands Heldenkönig/ heil Deutschlands Heldenheer.

[Briefschluß nach einer Karte von Oma an Brigitte vom 24.2.76]

Laßt es Euch gut gehen, bleibt recht gesund und seid sehr herzlich gegrüßt
　　　　　　　　　　　　　　　　　　　　　　　　Von Eurer Oma

Beitrag vom kleinen Bruder

Die Familien Härtel/ Erdmann/Müller aus den damaligen deutschen Ostgebieten und Polen, mit angeheirateten Mitgliedern der Familien Heibert, Dransfeld, Tsuji (jetzt wohnhaft in Norwegen, England, Japan) blicken auf mehr als 200 Jahre ihrer Geschichte zurück, die durch vielfältige Quellen über einen Zeitraum dokumentiert ist, der etwa sieben Generationen umfasst. Diese Schrift berichtet über das Leben einiger „Protagonisten" und die geschichtlichen Ereignisse und Zusammenhänge, die für den Autor Helmar Härtel und die betroffenen Familien von besonderer Bedeutung waren.

Abb. 60 Helmar und Stefan

Sicherlich können andere Familien eine längere Vergangenheit mit konkreten Daten belegen, hier handelt es sich jedoch nicht um die Historie von Adelsgeschlechtern oder Handelshäusern, sondern um Familien mit einer eher einfachen Herkunft und Charakteristik.

Einige Worte zum Generationenbegriff: Von Interesse mag eine „modellartige" Abschätzung im Rahmen der Populationsdynamik sein. Wir nehmen an, dass pro Paar (wenigstens) 1 Kind geboren wird. Es heiratet eine(n) Partner(in) aus anderer (nichtverwandter) Familie, und zwar nur einmal. Diese beiden bekommen wiederum mindestens 1 Kind und so fort.

Um eine Ahnengalerie sowie die Entwicklung der Nachkommenschaft zu verfolgen, betrachten wir sieben Generationen, die vom frühen 18. Jahrhundert bis heute gelebt haben oder das noch tun. Wir nehmen zwischen zwei aufeinanderfolgenden Generationen einen Abstand von 30 Jahren an, so werden in unserer Geschichte insgesamt 180 Jahre überstrichen. Da im 18./19. Jahrhundert verglichen mit etwas höherem Alter geheiratet wurde, sollte man es mit 33 Jahren pro Generation versuchen, dann hätten wir knapp 200 Jahre (bis zur ersten Geburt der 7. Generation). Und in etwa so ist es in der Familie Erdmann/Härtel/Müller geschehen – das folgende Bild gibt Zeugnis für die letzten 4 der 7 Generationen.

Abb. 61 Vier Generationen

Epilog

„Seit Anfang des Monats bin ich nun in diesem zehnfach interessanten Lande, habe schon manche Theile des Gebirgs und der Ebene durchstrichen und finde, daß es ein sonderbar schönes und begreifliches Ganzes macht."

(Goethe in einem Brief an Herder vom Jahre 1790)

Helmar:

Auf den Spuren von Goethe reiste ich, auf den Tag genau 45 Jahre nach einem ersten Besuch 1977 in der alten Heimat Schlesien im August 2022 wieder nach Osten über die Neiße. Damals war ich mit Tante Lenchen und Vater Erich unter anderen nach Jerschendorf, zwischen Pirschen und Zieserwitz gereist (siehe Fig. 37). Dieses Mal hatte ich von meiner Familie eine solche Reise zum 80. Geburtstag geschenkt bekommen und alles war wohl organisiert.

Abb. 62 Dicker Turm in Görlitz

Am Nachmittag des 4. August erreichten wir Görlitz, die letzte im deutschen Staatsverband verbliebene Stadt des alten Schlesiens. Alle anderen Orte, die wir nun aufsuchen würden, hatte 1946 praktisch die gesamte deutsche Bevölkerung verlassen müssen. Nur die Steine würden noch Deutsch sprechen, wie es in einem Buch von E. und P. Ruge treffend formuliert ist[133]. Sogleich ging es in die hervorragend restaurierte Stadt, die den Krieg ohne Schäden überstanden hatte.

Das nächste Ziel war Hirschberg, polnisch Jelenia Gora, in einem Tal mit seinen 30 zum Teil großen Schlössern. Hirschberg liegt an der Mündung des Zacken in den Bober am Fuße des Riesengebirges rund 70 km östlich von Görlitz. Trotz der verordneten Rekatholisierung konnte die Stadt auf Grund einer Konvention von 1707 vor den Toren der Stadt 1708-1718 eine evangelische Gnadenkirche errichten. Auf dem Ring steht das Rathaus, davor der Neptunbrunnen, das ganze umgeben von den charakteristischen Laubengängen, die erst in den 60er Jahren vor dem endgültigen Verfall gerettet wurden.

Bei der Weiterfahrt grüßte die Gebirgskette des Riesengebirges von Süden. In der Nähe des Waldenburger Berglandes waren wir dann fast am Ziel, und um an früh Nachmittag erreichten wir das größte Schloß Schlesi-ens, Schloß Fürstenstein. In seiner Waldeinsamkeit auf einer Felsnase ist es Aussichtspunkt in eine prächtige Landschaft und bietet einen faszinierenden Blick in die tiefe Schlucht der Polsnitz.

---

[133] Was geschah damals in Schlesien, nein im gesamten deutschen Osten im Jahre 1945 wirklich: es war „die Dezimierung der Substanz des deutschen Volkes, bei der es nicht nur um eine Unsumme grausamer Einzelschicksale geht, sondern um einen nicht regenerierbaren Verlust, um ein Phänomen, das man in Analogie zu Genozid mit der Bezeichnung „Phylozid" („Stammestötung") belegen müßte, denn es gibt von nun an keine Schlesier, Pommern, Ostpreußen, Sudetendeutsche usw. mehr. Ihre Sprache, ihre Dialekte, wichtige Bestandteile des deutschen Sprachkörpers haben aufgehört zu existieren und müssen in „historisch" gewordenen Wörterbüchern (sofern es solche gibt) nachgeschlagen werden." Zitat aus A. Heuß, Versagen und Verhängnis, Berlin 1984, S. 208.

Abb. 63 Das hochaufragende Schloß

Abb. 64 Vielgeschossiger Wohnbau

Abb. 65 Blick auf die Orgel (1669) und Deckenmalereien in der Friedenskirche

Am Sonnabendmorgen wurde Rainer enttäuscht, als er erfuhr, daß die Tunnel unter dem Schloß nur auf langfristige Anmeldung hin besichtigt werden können. Es blieb ihm also verwehrt, die rund 500 Meter lange unterirdische Route zu betreten, wo eine prächtige, betonierte Halle und unterirdische Tunnels in den rohen Fels gehauen worden waren sowie die berühmten Bunkerkammern, die den Aufenthalt höherer und höchster Wehrmacht- und SS-Führer sichern sollten. Nun starteten wir in die alte schlesische Hauptstadt Breslau, aber stoppten die Fahrt sogleich wieder, um in Schweidnitz zunächst die Friedenskirche zu besichtigen. Aus dem kleinen Ort Käntchen östlich von Schweidnitz stammt übrigens der Vater der Härteloma Hermann Hanke (1858 – 1925).

Abb. 66 Helmar vor dem Geburtshaus

Daraufhin steuerten wir nach Norden Richtung Breslau. Eine Stadt mit einer doppelten Geschichte war zu besuchen, eine Stadt der doppelten Namen. Es galt sich zwischen deutscher Vergangenheit und polnischer Gegenwart einzurichten. Auf dem Weg zur Besichtigung des Zentrums machten wir kurz Station in der Kutnova, der früheren Friedrich Hebbelstraße am Südpark, um an der ehemaligen Privatklinik Fotoshootings mit dem Achtzigjährigen zu machen, der dort am 28. Mai 1942 geboren wurde.

Dann ging es zum Rathaus zur Elisabethkirche, zur Magdalenenkirche und zur Universität.

Abb. 67 Südfassade der Universität Breslau

Es folgte die Sandinsel mit der zweigeschossigen Kreuzkirche. Und dann der Dom, die Jahrhunderthalle, zuletzt die Hofkirche, dem heutigen Bischofssitz der evangelisch augsburgischen Kirche in Polen.

Am Sonntag, dem 7. August ging es wieder zurück nach Wolfenbüttel. Wir nutzten die Gelegenheit, um bei Jerschendorf von der Autobahn abzufahren und einen Abstecher nach Pirschen und Zieserwitz zu machen. In den vergangenen Jahren sind sowohl die noch vorhandenen Gebäude in Pirschen wie in Zieserwitz sichtbar verändert worden, wie der Vergleich mit Aufnahmen aus den Siebziger Jahren zeigt. Das ist nicht verwunderlich, erstaunlich ist eigentlich nur, daß in den 70igern sich bis auf die schadhafte Farbe der Häuser an der Bausubstanz nichts geändert hatte. So war über der Ladentür des Großvaters Härtel immer noch rudimentär „Hermann Härtel" zu lesen. In Pirschen ist heute das für die Erdmannoma zur Verfügung gestellte Haus bis auf das Erdgeschoß abgetragen worden und alle sonstigen Wirtschaftsgebäude verschwunden. In Zieserwitz fehlt das Auszugshaus ganz und die Fensterfront ist stark verändert.

Nach einer zügigen Fahrt waren wir am Abend wieder in Wolfenbüttel. Das alte Schlesien hatte sich uns in neuer Gestalt präsentiert.

Notizen

Anmerkung zu Seiten 117 (Einer der ersten Polen...) - 118 (... zugefügt haben.") :
Die Informationen zu Jan Josef Lipski stammen aus dem entsprechenden Wikipedia-Artikel nach Thomas Urban, Deutsche in Polen, München 2000, S. 59 und S. 142-143.